페스카라 이야기 번역노트 II

가브리엘레 단눈치오 지음
민현식 옮김

페스카라 이야기 번역노트 II

발행	2022년 3월 1일
지은이	가브리엘레 단눈치오
옮긴이	민현식
펴낸곳	도서출판 섬달
출판사등록	2022년 1월 7일 제2022-000004호
주소	인천시 연수구 앵고개로 104번길 22
전화	070-8736-1492
홈페이지	http://pescara.pe.kr
E-mail	pescara.pe.kr@gmail.com
ISBN	979-11-977486-6-0 [03840]
가격	15,000원

오디오듣기

PESCARA TALES

들어가는 글

국내 초역인 '페스카라 이야기 Pescara Tales'는 감각적 쾌락주의, 유미주의, 예외적 인간의 우월성, 비엔나 상공에서 전단 살포, 퇴폐주의, 피우메 침공으로 연관 검색되는 가브리엘레 단눈치오 Gabriele D'Annunzio (1863-1938)가 1902년에 자신의 고향 페스카라에 대하여 쓴 에피소드들의 묶음입니다. 산소네는 단눈치오에 대하여 이렇게 말했습니다. "단테에서 카르두치까지 공통 주제였던 종교적 열망, 영혼의 울림, 인간적 연민과 존엄에의 느낌 등은 찾아볼 수없고, 젊음의 약동적인 감각의 찬미에서 탁월하게 음악적인 세련화로 이어지는 그의 족적만이 있을 뿐이다." 그러나 등장인물들의 허세, 미련함, 두려움에서 당신도 자신이 '모방할 수 없는 영혼'임을 다시 깨닫고, 열등한 계급의 존재를 확인하시겠습니까? 페스카라의 구석구석을 젊음의 감각적인 곳으로 '승격'시키지 못한 이 이야기를 지루한 뭔가라고 여기시겠습니까?

책을 덮은 후 저처럼 돈 도메와 잠시 사랑에 빠지시길 바랍니다.

이 책은 12편의 독립된 에피소드로 구성되어 있습니다. 어떤 면에서는 이탈리아판 '전원일기' 같기도 합니다. 좀 더 적나라하고, 좀 더 지독하고, 좀 더 내밀합니다.

옮긴이 민현식은 언젠가부터 '문학이나 할걸...'이라고 생각했습니다. Writer's block을 견딜 수 없을 것 같아서 '번역을 선택한' 후 '양자역학', '알파고', '펜데믹'을 번역하였습니다.

Table of Contents

Tale Eight

MUNGIA
문지아

Through all the country of Pescara, San Silvestro, Fontanella, San Rocco, even as far as Spoltore, and through all the farms of Vallelonga beyond Allento and particularly in the little boroughs where sailors meet near the mouth of the river,-through all this country, where the houses are built of clay and of reeds, and the fire material is supplied by drift wood from the sea, for many years a Catholic rhapsodist with a barbarian and piratical name, who is as blind as the ancient Homer, has been famous.

페스카라 전 지역과, 산 실베스트로, 폰타넬라, 산 로코, 멀리는 스폴토레까지, 그리고 알렌토 너머 발레롱가의 모든 농장까지, 또한 특별히 선원들이 모임을 갖는 강어귀 근처, 모든 집들이 진흙과 갈대로 지어지고 화목은 바다에서 떠다니는 나무로 조달하는 이 자그마한 자치구 지역에서, 여러 해 동안, 야만인 같기도 하고 해적 이름 같기도 한 고대의 호머처럼 눈이 먼 카톨릭 음유시인이 유명했다.

Mungia begins his peregrinations at the beginning of spring, and ends them with the first frosts of October.

문지아는 봄이 시작될 때 여정을 시작해서 10월 첫 번째 서리가 내

9

릴 때 여정을 마치는데,

He goes about the country, conducted by a woman and a child.
한 여자와 한 아이의 인도에 따라 그 지역들을 돌아다녔다.

Into the peaceful gardens and the serenity of the fields he brings his lamenting religious songs, antiphonies, preludes and responses of the offices of the dead.
평화로운 정원과 고요한 들판에서, 그는 장송곡, 응답 송가, 장례식 때 전주곡과 응창을 하는 사람이었다.

His figure is so familiar to all, that even the dogs in the backyards do not bark at his approach.
그의 모습은 누구에게나 익숙해서, 뒷마당의 개들도 그가 다가오면 짖지 않았다.

He announces his advent with a trill from his clarionet, and at the well-known signal, the old wives come out upon the thresholds to welcome him, place his chair under the shade of a tree in the yard, and make inquiries as to his health.
그는 지니고 다니던 클라리넷으로 높고 짧게 떨리는 음을 내서 자신의 출현을 알리고, 이런 익숙한 신호에 노부인들은 문턱까지 나와서 그를 환영하고, 마당의 나무 그늘에 그가 앉을 의자를 내놓고 건강을 물었다.

All the peasants come from their work, and form a subdued and awed circle about him, while with their hard hands they wipe the perspiration of toil from their foreheads, and, still holding their implements, assume a reverent attitude.
모든 농부들은 일을 마치고 돌아와서는 그를 원처럼 둘러싸 조심스러운 경외심을 보여 주었으며, 딱딱한 손으로 고된 노동으로 흐르는 이마에 흐르는 땀을 닦고, 여전히 농기구를 든 채로 경건한 태도를 취했다.

Their bare arms and legs are knotted and misshapen from the severe toil of the fields; their twisted bodies have taken on the hue of the earth - working in the soil from the dawn of day, they seem to have something in common with the trees and the roots.

그들의 드러난 팔과 다리는 들에서의 가혹한 노동으로 인해 울퉁불퉁했고 구부러져 있었으며, 그들의 뒤틀린 몸은 땅의 빛깔을 띠었고 새벽부터 땅에서 일해서 뭔가 나무나 뿌리와 비슷해 보이기도 했다.

A sort of religious solemnity is thrown over everything by this blind man.

이 맹인이 행하는 모든 것들에게는 일종의 종교적 근엄함이 부여되었다.

It is not the sun, it is not the fulness of the earth, not the joy of spring vegetation, not the sounds of the distant choruses that gives to all the feeling of admiration, of devotion, and more than all, the sadness of religion.

모든 사람에게 감탄과 헌신, 무엇보다 종교적인 슬픈 감정을 주는 것은, 태양도, 대지의 충만함도, 봄철 초목의 기쁨도, 멀리서 들려오는 합창 소리도 아니었다.

One of the old women gives the name of a departed relative to whom she wishes to offer songs and oblations.

노부인 중 한 명이 그녀가 노래와 봉납물을 바치고 싶은 죽은 친척의 이름을 알려주면,

Mungia uncovers his head.

문지아는 모자를 벗었다.

His wide shining cranium appears encircled with white hair; his whole face, which in its quiet calm has the appearance of a mask, wrinkles up when he takes the clarionet in his mouth.
그의 넓고 빛나는 두개골이 백발에 싸인 채 드러났고, 얼굴 전체에서 느껴지는 고요함과 침착함으로 얼굴은 왠지 가면처럼 느껴졌으며, 그가 클라리오넷을 입에 물면 주름이 졌다.

Upon his temples, under his eyes, beside his ears, around his nostrils and at the corners of his mouth, a thousand lines become visible, some delicate, some deep, changing with the rhythm of the music by which he is inspired.
그의 관자놀이, 눈 아래, 귀 옆, 콧구멍 주위, 입가에는 수천 개의 주름이 있었는데, 어떤 것들은 섬세하게, 어떤 것들은 깊게, 자신을 고취했던 음악의 리듬에 따라 변화했다.

His nerves are at a tension, and over his jaw bones the purple veins show, like those of the turning vine-leaves in the autumn, the lower eyelid is turned outward, showing a reddish line, over his whole face the tough skin is tightly drawn, giving the appearance of a wonderful carving in relief; the light plays over the face with its short, stiff, and badly shaved beard, and over the neck, with its deep hollows, between the long still cords which stand out prominently, flashing like dew upon a warty and mouldy pumpkin; and, as he plays, a thousand vibrating minor notes float out upon the air, and the humble head takes on an appearance of mystery.
그의 신경은 긴장하고, 턱뼈 위로는 가을 색으로 물드는 덩굴 잎처럼 자주색 정맥이 보이며, 아래 눈꺼풀에는 바깥쪽을 향해 불그스레한 선이 나타나고, 얼굴 전체에 거친 피부가 팽팽하게 당겨져서

는 멋지게 양각된 것처럼 보였다. 짧고 뻣뻣하고 대충 깎인 수염이
난 얼굴과 기다랗고 눈에 띄게 드러나 있는 목의 근육들 사이 깊게
움푹 들어간 부분들에 빛이 비추면 울퉁불퉁하고 곰팡이가 잔뜩 낀
호박 위의 이슬처럼 번쩍였다. 그가 연주를 시작하면, 진동하는 수
많은 단음표들이 공중을 떠도는 것처럼 느껴져, 그 보잘것없이 보
이던 사람이 신비롭게 보였다.

His fingers press the unsteady keys of the box-wood
clarionet, and the notes pour out.
그의 손가락들이 회양목 클라리오넷의 불안정한 키들을 누르자 여
러 음이 쏟아져 나왔다.

The instrument itself seems almost human, and to breathe
with life, as inanimate objects which have been long and
intimately associated with men often do; the wood has
an unctuous glare; the holes, which in the winter months
become the nests of little spiders, are still filled with
cobwebs and dust; the keys are stained with verdigris; in
places beeswax has been employed to cover up breaks;
the joints are held together with paper and thread, while
about the edge one can still see the ornaments of its
youth.
악기 그 자체가 거의 인간처럼 보였으며, 오랫동안 인간과 밀접하
게 관련되어 온 무생물이 흔히 그렇듯이 살아 숨 쉬는 것처럼 보였
다. 나무 부분은 뺀질뺀질하게 빛나고 있었고, 겨울 몇 달 동안 작
은 거미의 둥지가 되었던 구멍들에는 아직도 거미줄과 먼지가 가득
차 있었으며, 키들은 파랗게 녹으로 얼룩져 있었고, 여기저기 부러
진 곳을 가리기 위해 밀랍이 사용되었으며, 이음새는 종이와 실로
연결되어 있었고, 가장자리에서는 그 악기가 멀쩡했을 때의 장식들
을 여전히 볼 수가 있었다.

The blind man's voice rises weak and uncertain, his
fingers move mechanically, searching for the notes of a

prelude, or an interlude of days long passed.

맹인은 약하고 불안하게 목소리를 높였으며 그의 손가락들은 전주 곡이나 지난 날들의 간주곡의 음을 찾아 기계적으로 움직였다.

His long, deformed hands, with knots upon the phalanges of the first three fingers, and with the nails of his thumbs depressed and white in colour, resemble somewhat the hands of a decrepit monkey; the backs are of the unhealthy colour of decayed fruit, a mixture of pink, yellow and blue shades; the palms show a net-work of lines and furrows, and between the fingers the skin is blistered.

그의 손은 길고, 변형되어 있었다. 처음 세 손가락의 마디뼈에는 매 듭들이 있었고, 엄지 손가락 손톱들은 뭔가에 눌린 듯 하고 하예서 늙어빠진 원숭이의 손을 연상시켰다. 손등은 썩은 과일의 상한 색 이라고 할까? 분홍색과 노란색, 푸른색이 섞여 있었다. 손바닥에는 깊고 얕은 손금들이 그물처럼 나 있었으며, 손가락 사이의 피부들 은 물집이 잡혀 있었다.

When he has finished the prelude, Mungia begins to sing, "Libera Me Domine," and "Ne Recorderis," slowly, and upon a modulation of five notes.

전주곡이 끝나자, 문지아는 "주여, 자유롭게 하소서(Libera Me Domine)"와 "말하지 마세요(Ne Recorderis)"를 다섯 개의 음조 로만 변조하여 천천히 부르기 시작했다.

The Latin words of the song are interspersed with his native idioms, and now and then, to fill out the metrical rhythm, he inserts an adverb ending in ente, which he follows with heavy rhymes; he raises his voice in these parts, then lowers it in the less fatiguing lines.

그 노래를 부를 때 그는 라틴어 가사에 그가 살던 지역 사투리의 관 용구들을 곳곳에 배치하고, 때때로 운율을 맞추기 위해 ente로 끝나는 부사를 삽입하면서 억음의 운율을 이어갔다. 그는 이런 부분에서는 목소리를 높이고, 힘들지 않는 부분에서는 목소리를 낮췄다.

The name of Jesus runs often through the rhapsody; not without a certain dramatic movement.
예수의 이름이 랩소디 전반에 걸쳐 자주 등장해서 극적인 변화를 주지 않았던 것은 아니었으며,

The passion of Jesus is narrated in verses of five lines.
예수 수난편은 5행연으로 구연되었다.

The peasants listen with an air of devotion, watching the blind man's mouth as he sings.
농부들은 맹인이 노래를 할 때는 그의 입을 바라보며 몰두하는 분위기로 경청하였다.

In the season, the chorus of the vintagers comes from the fields, vieing with the notes of the pious songs; Mungia, whose hearing is weak, sings on of the mysteries of death; his lips adhere to his toothless gums, and the saliva runs down and drips from his chin; placing the clarionet again to his lips, he begins the intermezzo, then takes up the rhymes again, and so continues to the end.
수확철이 되면, 들판에서 들리는 포도 수확자들의 합창이 경건한 노래들과 경쟁하듯이 들려왔다. 청력이 약한 문지아가 죽음의 신비에 대해 노래를 할 때면 입술은 치아가 빠진 잇몸에 달라붙고 침이 턱부터 흘러내려서, 클라리넷을 다시 입술에 대고 간주곡을 시작한 후 다시 운율에 맞춰 끝까지 이어갔다.

His recompense is a small measure of corn and a bottle of wine or a bunch of onions, and sometimes a hen.
그에게 주는 보상은 소량의 옥수수와 포도주 한 병 또는 양파 한 다

발, 때로는 암탉이었다.

He rises from his chair, a tall, emaciated figure, with bent back and knees turning a little backward.
그가 등을 구부리고 무릎을 약간 뒤로 돌려서 의자에서 일어났다. 큰 키에 수척한 모습이다.

He wears upon his head a large green cap, and no matter what the season, he is wrapped in a peasant cloak falling from his throat below his knees and fastened with two brass buckles.
머리에는 커다란 녹색 모자를 쓰고, 계절과 관계없이 목에서 무릎 아래로 떨어지는 농부의 망토를 걸치고 있었으며, 망토는 두 개의 놋쇠 버클로 고정되어 있었다.

He moves with difficulty, at times stopping to cough.
그는 움직이는 것을 힘들어했으며, 가끔 멈춰서서는 기침을 했다.

When October comes, and the vineyards have been vintaged and the yards are filled with mud and gravel, he withdraws into a garret, which he shares with a tailor who has a paralytic wife, and a street pauper with nine children who are variously afflicted with scrofula and the rickets.
10월이 와서 포도밭에서 포도를 수확하고 포도밭을 진흙과 자갈로 가득 채우면, 그는 중풍걸린 아내를 둔 재단사와, 연주창과 구루병 으로 이곳저곳이 아픈 아홉 명의 아이들의 아버지인 거리의 거지와 함께 쓰는 다락방으로 들어간다.

On pleasant days he is taken to the arch of Portanova, and sits upon a rock in the sun, while he softly sings the "De Profundis" to keep his throat in condition.
날씨가 좋은 날이면, 그는 포르타노바 아치로 이끌려 가, 햇볕을 쬐며 바위 위에 앉아, 좋은 목 상태를 유지하기 위해 "이 질곡에서 벗어나(De Profundis)"를 천천히 불렀다.

On these occasions, mendicants of all sorts gather around him, men with dislocated limbs, hunchbacks, cripples, paralytics, lepers, women covered with wounds and scabs, toothless women, and those without eyebrows and without hair; children, green as locusts, emaciated, with sharp, savage eyes, like birds of prey; taciturn, with mouths already withered; children who bear in their blood diseases inherited from the monster Poverty; all of that miserable, degenerate rabble, the remnants of a decrepit race.

이런 경우는, 팔다리가 탈구된 사람들, 꼽추, 불구자, 중풍 병자, 나병 환자, 상처가 있거나 옴이 옮은 여자, 이빨이 없는 여자, 눈썹과 머리카락이 없는 사람들, 메뚜기처럼 퍼렇고 빼빼 마르고 맹금류처럼 날카롭고 사나운 눈을 갖고 있으며 말수가 적고 이미 입안이 말라 버린 아이들, 괴물 같은 빈곤 때문에 유전적으로 물려받은 혈액 질환을 앓고 있는 아이들, 모든 비참하고 타락한 어중이떠중이들, 쇠약해진 종족의 후손들이 그의 주변으로 몰려들었다.

These ragged children of God come to gather about the singer, and speak to him as one of themselves.

이렇게 누더기를 걸친 하나님의 자녀들은 노래하는 사람 주변에 모여서, 그가 자기들 중 한 사람인 듯 그에게 말을 걸곤 했다.

Then Mungia graciously begins to sing to the waiting crowd.

그러면, 문지아는 기다리고 있는 사람들을 향해 은혜롭게 노래를 부르기 시작한다.

Chiachiu, a native of Silvi, approaches, dragging himself with great difficulty, helping himself with the palms of his hands, on which he wears a covering of leather; when he reaches the group about Mungia, he stops, holding in his hands his right foot, which is twisted and contorted like a root.

실비 토박이인 치아키우가, 손바닥에 가죽 덮개를 씌워, 아주 힘들게 온몸을 질질 끌면서 문지아 주변의 사람들에게 도착하면, 뿌리처럼 비틀리고 뒤틀린 오른발을 손에 들고 멈추었다.

Strigia, an uncertain, repugnant figure, a senile hermaphrodite with bright red carbuncles covering neck and grey locks on the temples, of which the creature seems to be proud, the top and back of the head covered with wool like a vulture, next approaches.

흐리멍텅하고 혐오스럽고, 남자인지 여자인지 모르겠으며, 목에는 붉은 부스럼이 가득하고, 관자놀이에는 자랑스러워 하는 듯한 회색 머리가 늘어져 있으며, 머리 위쪽과 뒤쪽은 독수리처럼 양모 같은 털이 무성한 늙은 스트리지아가 다음으로 다가왔다.

Then come the Mammalucchi, three idiot brothers, who seem to have been brought forth from the union of man and goat, so manifest in their faces are the ovine features.

이어, 사람과 염소의 결합에서 출생한 것처럼 보이는 맘마루키 집안의 바보 삼 형제가 등장했는데 얼굴은 정말 양처럼 보였다.

The oldest of the three has some soft, degenerated bulbs protruding from the orbs of his eyes, of a bluish colour, much like oval bags of pulp about to rot.

셋 중 맏형의 푸른빛이 돌며 물렁물렁하고 퇴화한 눈알은 이제 곧 썩을 것 같은 과육을 담은 타원형 봉지 같은 안구에서 튀어나와 있었다.

The peculiar affliction of the youngest is in his ear, the lobe of which is abnormally inflated, and of the violet hue of a fig. The three come together, with bags of strings upon their backs.

막내는 특히 귀가 아팠는데 귓불이 비정상적으로 부풀어 올라와 있었으며 무화과처럼 보라색을 띠었다. 이 세 사람은 등에 끈으로 가방을 메고 함께 나타났다.

The Ossei comes also, a lean, serpent-like man with an olive-coloured face, a flat nose with a singular aspect of malice and deceit, which betrays his gipsy origin, and eyelids which turn up like those of a pilot who sails over stormy seas.

옷세이도 도착했다. 그는 올리브색 얼굴을 하고 있었고, 마르고, 뱀처럼 생겼으며, 납작한 코는 악랄하고 남을 잘 속일 것처럼 보였는데, 그가 집시 출신임을 드러냈다. 또한 그의 눈꺼풀은 폭풍우 치는 바다를 항해하는 수로 안내인의 그것처럼 위로 치켜 올라가 있었다.

Following him is Catalana di Gissi, a woman of uncertain age, her skin covered with long reddish blisters, and on her forehead spots looking like copper coins, hipless, like a bitch after confinement: she is called the Venus of the Mendicants,-the fountain of Love at which all the thirsty ones are quenched.

뒤를 이어, 나이를 정확하게 알 수 없는 카탈라나 디 지씨가 왔다. 피부는 붉고 긴 물집으로 덮여 있었고, 이마에는 구리 동전 같은 반점이 있었으며, 아이를 낳은 창녀처럼 엉덩이가 납작한 그녀는 거지들의 비너스라고 불렸다. - 그녀는 성관계를 원하는 사람들의 갈증을 풀어주는 사랑의 샘 역할을 하고 있었다.

Then comes Jacobbe of Campli, an old man with greenish-coloured hair like some of the mechanics' work in brass; then industrious Gargala in a vehicle built of the remains of broken boats, still smeared with tar; then

Constantino di Corropoli, the cynic, whose lower lip has a growth which gives him the appearance of holding a piece of raw meat between his teeth.

다음은 기계공이 놋쇠로 만든 것처럼 푸른색이 도는 머리카락을 지 닌 캄플리의 늙은 야코베가 왔고, 다음에는 부지런한 가르갈라가 부서진 배의 잔해로 만든 차를 타고 아직 타르도 지우지 못한 채 도 착했으며, 다음으로 냉소적이며 아랫입술이 툭 튀어나와서 한 점의 생고기를 이빨로 물고 있는 듯한 콘스탄티노 디 코로폴리가 도착했 다.

And still they come, inhabitants of the woods who have moved along the course of the river from the hills to the sea; all gather around the rhapsodist in the sun.

숲속에 사는 사람들도 언덕에서 바다까지 흐르는 강을 따라 도착해 서, 모두 사람들이 햇볕을 쬐고 있는 음유시인 주위로 모여들었다.

Mungia then sings with studied gestures and strange postures.

이때 문지아는 계획된 동작과 범상치 않은 자세로 노래하였다.

His soul is filled with exaltation, an aureole of glory surrounds him, for now he gives himself freely to his Muse, unrestrained in his singing.

그의 영혼은 기쁨으로 가득 차 영광스러운 후광이 그를 둘러싸고 있는 듯했으며, 노래에 흠뻑 빠져들어 막힘이 없었다.

He scarcely hears the clamour of applause which arises from the swarming mendicants as he closes.

노래를 마치자 거지 떼에서 터져 나오는 박수갈채를 그는 거의 듣 지 못했다.

At the end of the song, as the warm sun has left the spot where the group is assembled and is climbing the Corinthian columns of the arch of the Capitol, the mendicants bid the blind man farewell and disperse through the neighbouring lands.

노래가 끝나고 따뜻한 태양이 사람들이 모여 있던 자리를 벗어나 의사당 아치의 코린트식 기둥을 비추고 있을 때면, 거지들은 맹인 에게 작별 인사를 하고 근처로 흩어졌다.

Usually Chiachiu di Silvi, holding his deformed foot, and the dwarfed brothers remain after the others have gone, asking alms of passers-by, while Mungia sits silent, thinking, perhaps, of the triumphs of his youth when Lucicoppelle, Golpo di Casoli, and Quattorece were alive.

다른 사람들이 사라진 뒤에도, 기형의 발을 갖은 실비 출신의 치아 키우와 난쟁이 형제들이 남아서 언제나처럼 지나가는 사람들에게 자선을 부탁할 때, 문지아는 조용히 앉아 아마도 루시코펠레, 골포 디 카졸리와 함께 했고, 콰토레체도 살아 있었던 화려했던 자신의 옛날을 회상하고 있었을지도 모른다.

Oh, the glorious band of Mungia!

오, 영광스러운 문지아 악단이여!

The small orchestra had won through all the lower valley of Pescara a lofty fame.

그 작은 오케스트라는 낮은 계곡에 위치한 페스카라 전체에서 높은 명성을 얻었다.

Golpo di Casoli played the viola.

골포 디 카졸리는 비올라를 연주했다.

He was a greyish little man, like the lizards on the rocks, with the skin of his face and neck wrinkled and membranous like that of a turtle boiled in water.

그는 바위 위의 도마뱀처럼 희끄무레한 키가 작은 사람이었고, 얼굴과 목의 피부는 주름지고 물에 익힌 거북이처럼 막이 있었다.

He wore a sort of Phrygian cap which covered his ears on the sides.
그는 양쪽 귀를 덮는 프리지아 지역의 모자를 쓰고 있었다.

He played on his viola with quick gestures, pressing the instrument with his sharp chin and with his contracted fingers hammering the keys in an ostentatious effort, as do the monkeys of wandering mountebanks.
그는 뾰족한 턱으로 비올라를 누른 채, 손가락을 구부려서 과시하듯이 키를 두드리고 빠르게 움직이면서 비올라를 연주했는데, 마치 떠돌이 야바위꾼의 원숭이 같았다.

After him came Quattorece with his bass viol slung over his stomach by a strap of ass-leather; he was as tall and thin as a wax candle, and throughout his person was a predominance of orange tints; he looked like one of those monochromatic painted figures in stiff attitudes which ornament some of the poetry of Castelli; his eyes shone with the yellow transparency of a shepherd dog's, the cartilage of his great ears opened like those of a bat against which an orange light is thrown, his clothes were of some tobacco-coloured cloth, such as hunters usually wear; while his old viol, ornamented with feathers, with silver adornments, bows, images, and medals, looked like some barbarian instrument from which one might expect strange sounds to issue.
그 다음으로, 콰토레체가 베이스 비올을 당나귀 가죽끈으로 배에 설고 나왔다. 그는 촛대처럼 키가 크고 말랐으며, 그를 보면 웬지 전체적으로 오렌지색이 떠올라서 카스텔리의 일부 시를 장식하는 단색으로 칠해진 뻣뻣한 자세의 인물 중 한 명처럼 보였다. 그의 눈은 양치기 개처럼 노랗게 투명하게 빛났고, 커다란 귀의 물렁뼈는 오렌지빛을 비춘 박쥐의 귀처럼 열려 있었으며, 그의 옷은 흔히 볼 수 있는 사냥꾼들처럼 담배색 천으로 되어 있었다. 그의 낡은 비올은 깃털과 은, 활, 그림, 메달로 장식되어서 이상한 소리가 날 것 같은 야만인의 악기처럼 보였다.

But Lucicoppelle, holding across his chest his rough, two-stringed guitar, well tuned in diapason, came in last, with the bold, dancing step of a rustic Figaro.
다이아페이슨으로 조율을 마친 함부로 다룬 듯한 2현 기타를 가슴에 둘러 매고 루시코펠레가 시골풍 피가로의 대담한 춤을 추면서 마지막으로 등장했다.

He was the joyful spirit of the orchestra, the greenest one in age and strength, the liveliest and the brightest.
그는, 나이도 제일 어리고, 힘도 제일 세고, 가장 활기차고 가장 밝아서, 오케스트라를 즐겁게 하는 사람이었다.

A heavy tuft of crisp hair fell over his forehead under a scarlet cap, and in his ears shone womanlike, two silver clasps.
진홍색 모자 아래 이마 위에는 푸석푸석하고 풍성한 머리카락 한 다발이 드리워져 있었고, 귀에는 두 개의 은 귀걸이가 여자들의 것인양 빛났다.

He loved wine as a musical toast.
그는 연주할 때 환호만큼이나 와인을 좋아했다.

To serenades in honour of beauty, to open-air dances, to gorgeous, boisterous feasts, to weddings, to christenings, to votive feasts and funeral rites, the band of Mungia would hasten, expected and acclaimed.
아름다운 여인을 위한 세레나데, 야외 무도회, 화려하고 떠들썩한 잔치, 결혼식, 세례식, 봉헌 잔치 및 장례식이 생기면 문지아와 그의 동료들은 서둘러 그곳으로 달려갔으며, 늘 참석해서 늘 환영 받곤 했다.

The nuptial procession would move through the streets strewn with bulrush blossoms and sweet-scented herbs, greeted with joyful shouts and salutes.
결혼식 행렬이 부들의 꽃들과 달콤한 향기가 나는 약초들로 뒤덮인 거리를 사람들의 즐거운 함성과 인사로 환영을 받으며 통과하곤 하였다.

Five mules, decorated with wreaths, carried the wedding presents.
화환으로 장식된 다섯 마리의 노새가 결혼 선물을 나르고 있었다.

In a cart drawn by two oxen whose harness was wound with ribbons, and whose backs were covered with draperies, were seated the bridal couple; from the cart dangled boilers, earthen vessels, and copper pots, which shook and rattled with the jolting of the vehicle; chairs, tables, sofas, all sorts of antique shapes of household furniture oscillated, creaking, about them; damask skirts, richly figured with flowers, embroidered waist-coats, silken aprons, and all sorts of articles of women's apparel shone in the sun in bright array, while a distaff, the symbol of domestic virtue, piled on top with the linen, was outlined against the blue sky like a golden staff.
마구에는 리본이 감겨 있었고, 등을 장식천으로 덮인 두 마리의 소가 끄는 수레에는 신랑 신부가 앉아 있었고, 수레에 매달린 보일러, 질그릇, 구리 솥이 수레가 덜컹거릴 때마다 흔들리고 덜거덕거렸나. 의자, 테이블, 소파, 온갖 종류의 골동품 모양의 가구들이 흔들렸고, 그 주변에서는 삐걱거리는 소리가 났으며, 화려한 꽃무늬가 그려진 다마스크직 치마, 수놓은 조끼, 비단 앞치마, 여러 종류의 여자 옷들이 햇살 아래 밝게 빛났다. 또 가정의 덕을 상징하는 실패

가 올려져 있었는데, 그 위를 아마포로 덮어서 푸른 하늘로 뻗은 황
금 막대기 같은 윤곽이 드러나 있었다.

The women relatives, carrying upon their heads baskets
of grain, upon the top of which was a loaf, and upon the
loaf a flower, came next in hierarchical order, singing as
they walked.
여자 친척들은 머리 위에 곡식 바구니, 그 위에 빵, 빵 위에 꽃을 이
고 가족 서열 순서로 뒤에 따라오면서 노래를 불렀다.

This train of simple, graceful figures reminded one of the
canephoræ in the Greek bas-reliefs.
이 단순하고 우아한 사람들의 행렬은 그리스의 얕은 돋을새김에 등
장하는 카네포라를 연상시켰다.

Reaching the house, the women took the baskets from
their heads, and threw a handful of wheat at the bride,
pronouncing a ritual augury, invoking fecundity and
abundance.
집에 도착한 여자들은 머리에서 바구니를 내린 다음 신부에게 한
줌의 밀을 던지며 다산과 풍요를 기원하는 의례적인 말을 건넸다.

The mother, also, observed the ceremony of throwing
grain, weeping copiously as with a brush she touched
her daughter on the chest, shoulders and forehead, and
speaking doleful words of love as she did so.
어머니는, 예전에 그랬듯이, 곡식을 던지는 예식을 지켜보며 딸의
가슴과 어깨와 이마를 솔로 쓰다듬으며 절절히 흐느끼면서, 애절한
사랑의 말을 전하기도 했다.

Then in the courtyard, under a roof of branches, the feast
began.
이후, 정원에 있는 나뭇가지 지붕 아래에서 잔치가 시작되었다.

Mungia, who had not yet lost his eyesight nor felt the burden of years upon him, erect in all the magnificence of a green coat, perspiring and beaming, blew with all the power of his lungs upon his clarionet, beating time with his foot.

아직 시력을 잃지도 않고, 노쇠하지도 않았던 문지아는 녹색 코트를 입고 장엄하게 일어서서 땀을 흘리면서 희색이 만면하게 발로 박자를 맞춰가며, 있는 힘을 다해 클라리넷을 불었다.

Golpo di Casoli struck his violin energetically, Quattorece exerted himself in a wild endeavour to keep up with the crescendo of the Moorish dance, while Lucicoppelle, standing straight with his head up, holding aloft in his left hand the key of his guitar, and with the right plucking on two strings the metric chords, looked down at the women, laughing gaily among the flowers.

골포 디 카졸리가 열정적으로 바이올린을 켰고, 콰토레체는 무어 춤의 크레셴도를 놓치지 않기 위해 진땀을 빼고 있었으며, 루시코펠레는 머리를 세우고 똑바로 서서, 왼손을 높이 들어 기타 키를 잡고 오른손으로는 두 줄을 뜯어 운율적인 화음을 만들어 내면서, 꽃들 속에서 환하게 웃고 있는 여자들을 내려다보았다.

Then the "Master of Ceremonies" brought in the viands on large painted plates and the cloud of vapour rising from the hot dishes faded away among the foliage of the trees.

그런 다음 "주인장"이 채색된 커다란 접시 위에 진수성찬을 내오면, 뜨거운 접시에서 올라오는 구름 같은 증기가 나무 잎사귀 사이로 사라지곤 했다.

The amphoras of wine, with their well-worn handles, were passed around from one to another, the men stretched their arms out across the table between the loaves of bread, scattered with anise seeds, and the cheese cakes, round as full moons, and helped themselves to olives, oranges and almonds.

손때가 묻은 손잡이가 달린 포도주 항아리가 이리저리 전달되었고, 남자들은 식탁을 가로질러 아니스 씨가 뿌려진 빵 덩어리와 보름달 모양의 치즈 케이크 사이로 팔을 뻗어 올리브나 오렌지, 아몬드를 마음껏 먹었다.

The smell of spice mingled with the fresh, vaporous odour of the vegetables; sometimes the guests offered the bride goblets of wine in which were small pieces of jewelry, or necklaces of great grape stones like a string of golden fruit.

향신료 냄새가 야채들의 신선하고 증기처럼 은은하게 퍼지는 향과 섞이고, 이따금 손님들은 신부에게 작은 보석 조각이 들어 있는 포도주잔을 건네거나 황금 과일을 묶은 것처럼 커다란 포도씨로 목걸이를 만들어 신부에게 주기도 하였다.

After a while the exhilarating effects of the liquor began to be felt, and the crowd grew hilarious with Bacchic joy and then Mungia, advancing with uncovered head and holding in his hands a glass filled to the rim, would sing the beautiful deistic ritual which to feasters throughout the land of Abruzzi gave a disposition for friendly toasts:

그러다가 취기가 느껴지면서 사람들의 기분이 좋아지면, 문지아는 모자도 쓰지 않고 앞으로 나와, 끝까지 채워진 잔을 양손에 들고, 아브루찌 전 지역에서 온 손님들이 늘 정다운 건배를 제안했던 아름다운 이신론적 의례에 대한 노래를 부르곤 했다.

"To the health of all these friends of mine, united, I drink this wine so pure and fine."

"여기 모인 모든 나의 친구들이여, 건강하시길 바랍니다. 이 술은 너무도 깨끗하고 훌륭하군요."

Tale Nine

THE DOWNFALL OF CANDIA
칸디아의 몰락

I

Three days after the customary Easter banquet, which in the house Lamonica was always sumptuous and crowded with feasters by virtue of its traditions, Donna Cristina Lamonica counted her table linen and silver while she placed each article systematically in chest and safe, ready for future similar occasions.

전통에 따라 언제나 호화롭고 손님들로 북적이던 관례적인 부활절 연회가 라모니카 저택에서 있은 지 3일 후, 도나 크리스티나 라모니카는 식탁보와 은 식기의 수를 세면서 각 물품을 질서 정연하게 서랍장에 넣어 두어서, 앞으로 있을 이와 유사한 상황에 안전하게 대비하였다.

With her, as usual, at this task and aiding, were the maid Maria Bisaccia and the laundress Candida Marcanda, popularly known as "Candia."

여느 때와 같이, 그녀에게는 이 일을 하는 데 도움을 주는 가정부 마리아 비사치아와 사람들에게 칸디아로 알려진 세탁부 칸디아 마르칸다가 있었다.

The large baskets heaped with fine linen rested in a row on the pavement.

가는 세마포들이 들어 있는 큰 바구니들이 가지런히 길가에 놓여 있었고,

The vases of silver and the other table ornaments sparkled upon a tray; they were solidly fashioned, if somewhat rudely, by rustic silversmiths, in shape almost liturgical, as are all of the vases that the rich provincial families hand down from generation to generation.

은 화병과 다른 테이블 장식품들이 쟁반 위에서 반짝거렸다. 이것들은 시골의 은세공인들이 다소 촌스럽기는 하지만 거의 전례적인 형태로 견고하게 만들었으며, 그 지방의 부유한 가족들은 이 모든 화병들을 대대로 물려주었다.

The fresh fragrance of bleached linen permeated the room.

표백된 린넨의 상쾌한 향기가 온 방 안에 퍼졌다.

Candia took from the baskets the doilies, the table cloths and the napkins, had the "signora" examine the linen intact, and handed one piece after another to Maria, who filled up the drawers while the "signora" scattered through the spaces an aroma, and took notes in a book.

칸디아는 바구니에서 접시 깔개, 식탁보, 냅킨을 가져와서 "마님"이 아마포가 온전한지 검사를 하고, 마리아에게 하나씩 하나씩 건네주면, 마리아는 서랍 속을 채워 나갔다. 그동안 "마님"은 여기저기 향수를 뿌리기도 하고 책에 메모도 하였다.

Candia was a tall woman, large-boned, parched, fifty years of age; her back was slightly curved from bending over in that position habitual to her profession; she had very long arms and the head of a bird of prey resting upon the neck of a tortoise.

칸디아는 키가 크고 뼈대가 굵고 바짝 마른 50세의 여자였다. 그녀의 등은 그녀의 일 때문에 습관적으로 구부리고 있었기 때문에 약간 구부정했고, 팔은 매우 길었고 맹금류 같은 머리가 거북이 같은 목에 올려져 있었다.

Maria Bisaccia was an Ortonesian, a little fleshy, of milk-white complexion, also possessing very clear eyes; she had a soft manner of speaking and made slow, delicate gestures like one who was accustomed habitually to exercise her hands amongst sweet pastry, syrups, preserves and confectionery.

마리아 비사치아는 약간 살집이 있는 오르토나 사람으로, 우유같은 하얀 피부에 매우 맑은 눈을 가지고 있었으며, 말투는 부드러웠고 동작은 달콤한 패스트리, 시럽, 보존 식품이나 과자류를 다루는 사람들이 습관적으로 익숙하게 손을 움직이는 것처럼 느리고 섬세했다.

Donna Cristina, also a native of Ortona, educated in a Benedictine monastery, was small of stature, dressed somewhat carelessly, with hair of a reddish tendency, a face scattered with freckles, a nose long and thick, bad teeth, and most beautiful and chaste eyes which resembled those of a priest disguised as a woman.

도나 크리스티나 또한 오르토나 태생으로 베네딕토회 수도원에서 교육을 받았는데, 작은 키에, 옷차림에는 별로 신경 쓰지 않으며, 붉은 듯한 머리와 주근깨가 많은 얼굴에 크고 펑퍼짐한 코, 부실한 치아, 여자로 분장한 사제의 눈처럼 매우 아름답고 순수한 눈을 가지고 있었다.

The three women attended to the work with much assiduity, spending thus a large part of the afternoon.

이 세 명의 여자들은 아주 부지런히 일하면서 오후의 대부분의 시간을 보냈다.

At length, just as Candia went out with the empty baskets, Donna Cristina counted the pieces of silver and found that a spoon was missing.
그러다가 한 번은, 칸디아가 빈 바구니를 들고 밖으로 나가자, 도나 크리스티나는 은 식기들의 수를 세다가 숟가락 하나가 없어진 것을 발견했다.

"Maria!
"마리아!

Maria!" she cried, suddenly panic-stricken.
마리아!" 그녀가 갑자기 공황 상태에 빠져 소리를 질렀다.

"One spoon is lacking....
"숟가락 하나가 부족해요...

Count them!
세보세요!

Quick!"
빨리요!"

"But how?
"그런데 어떻게 된 거죠?

It cannot be, Signora," Maria answered.
그럴리가 없어요, 마님," 마리아가 대답했다.

"Allow me a glance at them."
"제가 한번 볼게요."

She began to re-sort the pieces, calling their numbers aloud.
그녀는 식기류를 다시 정렬하고는 큰 소리로 숫자를 셌다.

Donna Cristina looked on and shook her head.
도나 크리스티나는 지켜보면서 고개를 가로저었다.

The silver clinked musically.
식기들이 음악처럼 쨍그랑거렸다.

"An actual fact!"
"그렇네요"

Maria exclaimed at last with a motion of despair.
마침내 마리아가 절망적인 표정을 지으며 외쳤다.

"And now what are we to do?"
"그럼 우리 어떻게 해야 하죠?"

She was quite above suspicion.
그녀를 의심할 수는 없었다.

She had given proof of fidelity and honesty for fifteen years in that family.
그녀는 그 가문을 위해 15년 동안 증명이라도 하듯이 충실하고 정직하게 일을 해왔다.

She had come from Ortona with Donna Cristina at the time of her marriage, almost constituting a part of the marriage portion, and had always exercised a certain authority in the household under the protection of the "signora."

그녀는 도나 크리스티나가 결혼할 때 도나 크리스티나와 함께 오르토나에서 왔고, 거의 결혼생활의 일부라 해도 과언이 아니었으며, 항상 "마님"의 보호 아래 집안에서 일정한 권위를 행사해 왔다.

She was full of religious superstition, devoted to her especial saint and her especial church, and finally, she was very astute.
그녀는 종교적 미신으로 가득 차서 자신이 특별히 모시는 성인과 자신의 교회에 유별나게 헌신했으며, 결정적으로, 그녀는 정말 빈틈이 없었다.

With the "signora" she had united in a kind of hostile alliance to everything pertaining to Pescara, and especially to the popular saint of these Pescaresian people.
"마님"과 그녀는 페스카라에 관한 모든 것, 특히 이 페스카라 사람들에게 인기 있는 성인에게 일종의 적대적인 동맹을 맺었다.

On every occasion she quoted the country of her birth, its beauties and riches, the splendours of its basilica, the treasures of San Tomaso, the magnificence of its ecclesiastical ceremonies in contrast to the meagreness of San Cetteo, which possessed but a solitary, small, holy arm of silver.
그녀는 언제나 자신이 태어난 지역의 아름다움과 부유함, 대성당의 화려함, 산 토마소의 보물들, 은으로 만들어진 한쪽 팔뿐인 산 체테오의 천박함과 대조되는 교회 의식의 장엄함을 들먹였다.

At length Donna Cristina said, "Look carefully everywhere."
한참 있다가 도나 크리스티나가 말했다, "여기저기 잘 찾아보세요."

Maria left the room to begin a search.
마리아는 수저를 찾기 위해 방을 나갔다.

She penetrated all the angles of the kitchen and loggia, but in vain, and returned at last with empty hands.
그녀는 부엌과 로지아의 모든 구석을 찾아보았지만 아무런 성과 없이 빈손으로 돌아왔다.

"There is no such thing about!
"아무 곳에도 그런 건 없어요!

Neither here nor there!" she cried.
"여기도 없고 저기도 없어요!" 그녀가 소리쳤다.

Then the two set themselves to thinking, to heaping up conjectures, to searching their memories.
두 사람은 생각도 하고, 여러가지로 추측을 하기도 하고, 기억을 더듬기 시작했다.

They went out on the loggia that bordered the court, on the loggia belonging to the laundry, in order to make a final examination.
그들은 마지막으로 수저를 찾기 위해 안뜰과 접해 있고 세탁실 안에 있는 로지아로 나갔다.

As their speech grew louder, the occupants of the neighbouring houses appeared at their windows.
말소리가 커지자 이웃집 사람들이 창문에 나타났다.

"What has befallen you?
"무슨 일인가요?

Donna Cristina, tell us!
도나 크리스티나, 말해 보세요!

Tell us!" they cried.
말해 봐요!" 사람들이 외쳤다.

Donna Cristina and Maria recounted their story with many words and gestures.
도나 크리스티나와 마리아는 상세하게, 몸짓도 많이 섞어가며 이야기를 했다.

"Jesu!
"저런!

Jesu! then there must be thieves among us!"
저런! 그렇다면 우리 안에 도둑이 분명히 있겠네요!"

In less than no time the rumour of this theft spread throughout the vicinity, in fact through all of Pescara.
시간이 얼마 지나지 않아서 이 도난 소식이 인근 지역에, 사실대로 말하자면 페스카라 전체로 퍼졌다.

Men and women fell to arguing, to surmising, whom the thief might be.
사람들은 누가 도둑인지 논쟁하기 시작하고, 누구일지 추측하기 시작했다.

The story on reaching the most remote house of Sant' Agostina, was huge in proportions; it no longer told of a single spoon, but of all the silver of the Lamonica house.
산타고스티나의 가장 외딴집에까지 이 이야기는 급속히 확산되었다. 많은 사람들은 그 이야기에 대해 더 이상 숟가락 하나가 아니라 라모니카 가문이 가지고 있는 온 식기류 전체에 대해 떠들어대기 시작했다.

Now, as the weather was beautiful and the roses in the

loggia had commenced to bloom, and two canaries were singing in their cages, the neighbours detained one another at the windows for the sheer pleasure of chattering about the season with its soothing warmth.

이제 날씨가 화창하고 로지아에서는 장미가 피기 시작했으며 두 마리의 카나리아가 새장에서 노래를 부르자, 이웃 사람들은 부드럽고 따뜻한 계절에 대해 수다를 떠는 순수한 즐거움으로 서로를 창가에서 떠나지 못하게 했다.

The heads of the women appeared amongst the vases of basil, and the hubbub they made seemed especially to please the cats in the caves above.

바질 화병들 사이로 여자들의 머리들이 보였으며, 그들이 떠드는 소리는 특별히 처마에 앉아 있는 고양이들을 즐겁게 하는 듯했다.

Donna Cristina clasped her hands and cried, "Who could it have been?"

도나 크리스티나가 손을 꼭 쥔 채 외쳤다, "누구일까요?"

Donna Isabella Sertale, nicknamed "The Cat," who had the stealthy, furtive movements of a beast of prey, called in a twanging voice, "Who has been with you this long time, Donna Cristina?

고양이라는 별명을 가진 도나 이사벨라 세르탈레의 행동은 맹수처럼 살금거리며 은밀했는데, 코맹맹이 소리로 말했다. "도나 크리스티나, 요즘 누가 오랫동안 당신과 같이 있었나요?"

It seems to me that I have seen Candia come and go."

난 칸디아가 왔다 갔다 하는 걸 본 것 같기도 한데요."

"A-a-a-h!" exclaimed Donna Felicetta Margasanta, called "The Magpipe," because of her everlasting garrulity.

"아-아-아!" 끝없는 수다로 "마그파이프"로 불리는 도나 펠리세타

마르가산타가 외쳤다.

"Ah!" the other neighbours repeated in turn.
"아!", 옆에 있던 사람들이 차례로 소리를 질렀다.

"And you had not thought of her?"
"그녀라고 생각하지는 않았나요?"

"And did you not observe her?"
"그녀를 잘 살펴보지 않았죠?"

"And don't you know of what metal Candia is made?"
"칸디아가 얼마나 철면피인지 모르시죠?"

"We would do well to tell you of her!"
"우리가 그녀에 대해 말씀드릴게요!"

"That we would!"
"말씀드릴게요!"

"We would do well to tell you!"
"말씀드리게 좋을 것 같아요!"

"She washes the clothes in goodly fashion, there is none to dispute that.
"그녀가 세탁은 잘해요, 그건 누구도 뭐라고 할 수 없을 거예요.

She is the best laundress that dwells in Pescara, one cannot help saying that.
그녀는 페스카라에서 세탁을 세일 잘하죠, 누구든 그렇게 밀하죠.

But she holds a defect in her five fingers.
하지만 그녀는 도벽이 있어요.

Did you not know that, now?"
모르셨죠? "

"Once two of my doilies disappeared."
"옛날에 내 접시 깔개 두 개가 사라졌죠."

"And I missed a tablecloth."
"난 식탁보를 잃어버렸어요."

"And I a shift shirt."
"난 셔츠요."

"And I three pairs of stockings."
"난 스타킹 세 켤레요"

"And I two pillow-cases."
"난 베갯잇 두 개"

"And I a new skirt."
"난 새로 산 치마요."

"And I failed to recover an article."
"난 도로 찾지 못했어요."

"I have lost__"
"나도 잃어버렸어요__"

"And I, too."
"나도요."

"I have not driven her out, for who is there to fill her place?"

"그녀를 내쫓지 못하고 있어요, 그녀 자리를 채울 사람이 문제니까요."

"Silvestra?"
"실베스트라?"

"No!
"안 돼요!

No!"
안 돼요!"

"Angelantonia?
"안젤란토니아?

Balascetta?"
발라세타?"

"Each worse than the other!"
"둘 다 형편없어요!"

"One must have patience."
"어쩔 수 없잖아요."

"But a spoon, think of that!"
"그런데 숟가락 말이에요, 그걸 생각하세요!"

"It's too much! it is!"
"힘드네요!, 힘들어요!"

"Don't remain silent about it, Donna Cristina, don't remain silent!"
"도나 크리스티나, 가만히 있으면 안 돼요. 가만히 있지 말라구요!"

"Whether silent or not silent!" burst out Maria Bisaccia, who for all her placid and benign expression never let a chance escape her to oppress or put in a bad light the other servants of the house, "we will think for ourselves!"
"가만히 있든 말든 상관없잖아요!" 온화하고 자비로운 표정을 하고 있던 마리아 비사치아가 갑자기 소리를 질렀다. 그녀는 집안의 다른 하인들을 옥죄거나 나쁘게 말 할 수 있는 기회를 놓치는 법이 없었다, "우리가 알아서 할게요!"

In this fashion the chatter from the windows on the loggia continued, and accusation fled from mouth to mouth throughout the entire district.
이런 식으로 로지아 창문에서의 수다는 계속되었고, 혐의 제기가 지역 전체에 걸쳐 입에서 입으로 퍼져 나갔다.

II

The following morning, when Candia Marcanda had her hands in the soap-suds, there appeared at her door-sill the town guard Biagio Pesce, popularly known as "The Corporal."
다음 날 아침, 칸디아 마르칸다가 비누 거품 속에 손을 넣고 있었을 때, 사람들에게 "경장"이라고 알려진 경비대원 비아지오 페세가 그녀의 문 앞에 나타났다.

He said to her, "You are wanted by Signor Sindaco at the town-hall this very moment."
그가 그녀에게 말했다, "지금 시청의 신다코 나리가 당신을 찾고 있어요."

"What did you say?" asked Candia, knitting her brows without discontinuing her task.

"뭐라고요?" 칸디아가 하던 일을 계속하면서 인상을 쓰며 물었다.

"You are wanted by Signor Sindaco at the town-hall this very moment."
"지금 시청의 신다코 나리가 당신을 찾고 있다구요."

"I am wanted?
"나를요?

And why?"
왜요?"

Candia asked in a brusque manner.
칸디아가 퉁명스럽게 물었다.

She did not know what was responsible for this unexpected summons and therefore reared at it like a stubborn animal before a shadow.
그녀는 왜 이런 예상치 못한 소환을 당하게 되었는지 이유를 몰랐고, 그래서 고집 센 짐승이 그림자 앞에 뒷발로 버티는 것처럼 버티고 있었다.

"I cannot know the reason," answered the Corporal.
"나야 이유를 모르죠," 경장이 대답했다.

"I have received but an order."
"난 그저 명령만 받았을 뿐이에요."

"What order?"
"어떤 명령요?"

The woman because of an obstinacy natural to her could not refrain from questions.

여자는 타고난 고집으로 질문을 멈출 수가 없었다.

She was unable to realise the truth.
그녀는 이해할 수가 없었다.

"I am wanted by Signor Sindaco?
"신다코 나리가 날 찾는다구요?

And why?
도대체 왜요?

And what have I done?
내가 뭘했다구요?

I have no wish to go there.
안 갈 거예요.

I have done nothing unseemly."
나는 부적절한 짓을 한 적이 없어요."

Then the Corporal cried impatiently, "Ah, you do not wish to go there?
경장이 참지 못하고 외쳤다. "아, 안 가실 거라구요?

You had better beware!"
가시는게 좋을걸요!"

And he went away muttering, with his hand on the hilt of his shabby sword.
그러면서 그는 낡은 칼자루에 손을 올려놓고 뭔가 중얼거리더니 사라졌다.

Meanwhile several who had heard the dialogue came from

their doorways into the street and began to stare at the laundress, who was violently attacking her wash.

그 사이에 이 대화를 엿들은 몇몇 사람들이 문밖으로 나와 이 세탁부를 노려보기 시작했다, 그들은 이전에 그녀의 세탁물들을 심하게 공격했던 여자들이었다.

Since they knew of the silver spoon they laughed at one another and made remarks that the laundress did not understand.

그들은 은수저 사건을 알고 있어서, 서로 낄낄대면서 세탁부가 이해가 안 되는 말들을 했다.

Their ridicule and ambiguous expressions filled the heart of the woman with much uneasiness, which increased when the Corporal appeared accompanied by another guard.

그들의 조롱과 애매모호한 표정으로 그녀의 마음은 아주 불안해졌고, 경장이 다른 경비대원과 함께 나타나자 더욱 불안해졌다.

"Now move on!" he said resolutely.

"자, 갑시다!" 그가 단호하게 말했다.

Candia wiped her arms in silence and went.

칸디아는 조용히 팔을 닦더니 그들을 따라갔다.

Throughout the square everyone stopped to look.

광장의 모든 사람이 멈춰 서서는 그들을 바라보았다.

Rosa Panara, an enemy, from the threshold of her shop, called with a fierce laugh, "Drop the bone thou hast picked up!"

그녀와 사이가 좋지 않았던 로사 파나라가 자신의 가게 문턱에서 웃음을 크게 터트리더니 소리쳤다. "물고 있던 뼈 내려놔!"

The laundress, bewildered, unable to imagine the cause of this persecution, could not answer.
이렇게 괴롭힘을 당하는 것의 원인을 상상조차 할 수 없어서 당황한 세탁부는 뭐라 대꾸할 수 없었다.

Before the town-hall stood a group of curious people who waited to see her pass.
시청 앞에는 호기심 많은 사람이 그녀가 지나가는 것을 보기 위해 기다리며 서 있었다.

Candia, suddenly seized with a wrathful spirit, mounted the stairs quickly, came into the presence of Signor Sindaco out of breath, and asked, "Now, what do you want with me?"
갑자기 분노가 치민 칸디아는 빠르게 계단을 올라가서는 신다코 나리 앞으로 숨을 헐떡이며 다가가서 물었다, "저한테 왜 이러는 거예요?"

Don Silla, a man of peaceable temperament, remained for a moment somewhat taken aback by the sharp voice of the laundress and turned a beseeching look upon the faithful custodians of the communal dignity.
성격상 폭력적인 것을 싫어하는 돈 실라는 세탁부의 날카로운 목소리에 잠시 놀랐지만, 공동체의 위엄을 충실하게 지키는 수호자의 간청하는 눈빛으로 바라보았다.

Then he took some tobacco from a horn-box and said, "Be seated, my daughter."
그런 다음 그는 뿔로 만든 상자에서 담배를 꺼내면서 말했다, "앉으시오."

Candia remained upon her feet.

칸디아는 계속 서 있었다.

Her hooked nose was inflated with choler, and her cheeks, roughly seamed, trembled from the contraction of her tightly compressed jaws.
그녀의 구부러진 코는 화를 참지 못해 부풀어 올랐고, 쪼글쪼글한 그녀의 뺨은 턱을 꼭 다물고 있어서 떨리고 있었다.

"Speak quickly, Don Silla!" she cried.
"빨리 말하세요, 돈 실라!" 그녀가 외쳤다.

"You were occupied yesterday in carrying back the clean linen to Donna Cristina Lamonica?"
"그대가 어제 도나 크리스티나 라모니카에게 세탁한 아마포를 가져다주었는가?"

"Well, and what of it?
"그래요, 그게 어때서요?

Is she missing something?
뭐가 빠졌대요?

Everything was counted piece by piece ... nothing was lacking.
모든 걸 하나씩 하나씩 다 셌거든요... 없어진 건 없어요.

Now, what is it all about?"
그런데, 이게 대체 뭐죠?"

"One moment, my daughter!
"잠시 멈추시오!

The room had silver in it...!"

방안에 은수저가 있었소...!"

Candia, divining the truth, turned upon him like a viper about to sting.
이 말의 뜻을 알아챈 칸디아는 쏘려고 하는 독사처럼 그를 향해 몸을 돌렸다.

At the same time her thin lips trembled.
동시에 그녀의 얇은 입술은 떨렸다.

"The room had silver in it," he continued, "and now Donna Cristina finds herself lacking one spoon.
"방안에 은수저가 있었소," 그가 말을 이어갔다, "그런데 도나 크리스티나는 숟가락 하나가 부족하다는 것을 알게 되었소.

Do you understand, my daughter?
무슨 말인지 알겠소?

Was it taken by you ... through mistake?"
당신이 가져간 것 아니요... 실수로?"

Candia jumped like a grasshopper at this undeserved accusation.
칸디아는 이 부당한 혐의에 메뚜기처럼 펄쩍 뛰었다.

In truth she had stolen nothing.
사실 그녀는 아무것도 훔치지 않았다.

"Ah, I?
"아, 제가요?

I?" she cried.
제가요?" 그녀가 소리를 질렀다..

"Who says I took it?
"누가 제가 가져갔다고 하나요?

Who has seen me in such an act?
본 사람이라도 있나요?

You fill me with amazement ... you fill me with wonder!
말씀을 들어보니 깜짝 놀라겠네요.... 진짜 놀라워요!

Don Silla!
돈 실라!

I a thief?
제가 도둑입니까??

I?
제가요?

I?..."
제가?...."

And her indignation had no limit.
그녀의 분노는 끝이 없었다.

She was even more wounded by this unjust accusation
because she felt herself capable of the deed which they
had attributed to her.
그녀는 이 부당한 비난에 더 큰 상처를 받았다. 왜냐하면 사람들이
그녀가 그런 행동을 할 수 있다고 생각하는 것이 분해서였다.

"Then you have not taken it?"
"그렇다면 그대가 가져가지 않았다는 건가?"

Don Silla interrupted, withdrawing prudently into the depths of his large chair.
돈 실라는 진중한 자세로 커다란 의자 깊숙이 몸을 묻으며 말을 끊었다.

"You fill me with amazement!"
"진짜 너무 놀라워요!"

Candia chided afresh, while she shook her long hands as if they were two whips.
칸디아는 다시 책망하면서 기다란 손들을 두 개의 채찍인 것처럼 흔들었다.

"Very well, you may go.
"알겠소. 가셔도 되오.

We will see in time."
곧 다시 볼 수도 있소."

Without saying good-bye, Candia made her exit, striking against the door-post as she did so.
작별인사도 하지 않은 채 칸디아는 들어올 때처럼 문설주에 부딪히면서 밖으로 나갔다.

She had become green in the face and was beside herself with rage.
그녀는 얼굴이 파랗게 질렸고 분노로 제정신이 아니었다.

On reaching the street and seeing the crowd assembled there, she understood at length that popular opinion was against her, that no one believed in her innocence.
길거리에 나와 군중이 모여 있는 것을 보았을 때, 그녀는 사람들은 그녀 편이 아니며 아무도 그녀의 결백을 믿지 않는다는 것을 깨달았다.

Nevertheless she began publicly to exculpate herself.
그럼에도 불구하고, 그녀는 사람들 앞에서 자신은 아니라고 해명하였다.

The people laughed and drifted away from her.
그러자, 사람들은 비웃으며 그녀에게서 멀어져 갔다.

In a wrathful state of mind she returned home, sank into a condition of despair and fell to weeping in her doorway.
격분한 상태로 집에 돌아온 그녀는 절망적인 상태에 빠져서 문간에서 울고 있었다.

Don Donato Brandimarte, who lived next door, said to her by way of a joke:
옆집에 사는 돈 도나토 브란디마르테는 농담으로 그녀에게 말했다.

"Cry aloud, Candia.
"소리를 크게 내서 울어요, 칸디아.

Cry to the full extent of your strength, for the people are about to pass now."
있는 힘껏 우시라구요, 지나는 사람들이 들을 수 있게요."

As there were clothes lying in a heap waiting to be boiled clean she finally grew quiet, bared her arms and set herself to work.
깨끗이 삶아지기를 기다리고 있는 옷들이 무더기로 쌓여 있자, 그녀는 마침내 울음을 그치고 팔을 걷어붙이고는 일을 시작했다.

While working, she brooded on how to clear her

character, constructed a method of defence, sought in her cunning, feminine thoughts an artificial means for proving her innocence; balancing her mind subtly in mid-air, she had recourse to all of those expedients which constitute an ignorant argument, in order to present a defence that might persuade the incredulous.

일을 하면서, 그녀는 어떻게 혐의를 벗고, 방어전략을 세워야 할지에 대해 곰곰이 생각하고, 여우처럼 꾀를 내어 자신의 결백을 증명할 수 있는 수단들을 찾아 내고자 하였다. 일단 생각을 잘 가다듬어서, 조리없지만 말로 혐의를 벗고 결백을 증명해서, 자신을 믿지 못하는 사람들을 설득하고자 하였다.

Later, when she had finished her task, she went out and went first to Donna Cristina.

일을 마치자 그녀는 먼저 도나 크리스티나에게로 갔다.

Donna Cristina would not see her.

도나 크리스티나는 그녀를 만나려고 하지 않았다.

Maria Bisaccia listened to Candia's prolific words and shook her head without reply and at length left her in a dignified way.

마리아 비사치아는 칸디아가 계속 이야기를 하는 것을 듣고는, 대답 없이 고개를 가로저었다.

Then Candia visited all of her customers.

그러자, 칸디아는 자신의 모든 고객을 찾아다녔다.

To each one she told her story, to each one she laid bare her defence, always adding to it a new argument, ever increasing the size of the words, becoming more heated and finally despairing in the presence of incredulity and distrust as all was useless.

그녀는 각각의 사람들에게 자신의 이야기를 들려주고, 자신의 입장을 밝히고, 자신의 입장에 항상 새로운 주장을 추가하고, 말을 더 많이 하고, 점점 더 열을 내보았지만 결국에는 모든 것이 소용없었기 때문에, 의심과 불신 앞에서 절망하게 되었다.

She felt at last that an explanation was no longer possible.
그녀는 마침내 더 설명이 불가능하다는 것을 느꼈다.

A kind of dark discouragement fastened upon her mind.
그녀의 마음은 일종의 어두운 좌절감으로 채워지게 되었다.

What more could she do!
그녀가 무엇을 더 할 수 있었을까!

What more could she say!
그녀가 무슨 말을 더 할 수 있었을까!

III

Donna Cristina Lamonica, meanwhile, sent for La Cinigia, a woman of the ignorant masses, who followed the profession of magic and unscientific medicine.
한편, 도나 크리스티나 라모니카는 마술과 민간요법을 시행하는 무식한 여자인 라 시니쟈를 부르러 사람을 보냈다.

Previously, La Cinigia had several times discovered stolen goods and some said that she had underhand dealings with the thieves.
이전에 라 시니쟈는 도난당한 물건을 여러 번 발견했는데, 어떤 사람들은 그녀가 도둑들과 비밀스러운 거래를 하기도 했다고 말하기도 하였다.

Donna Cristina said to her, "Recover the spoon for me

and I will give you a rich present."
도나 크리스티나가 그녀에게 말했다. "숟가락을 찾아 주세요. 그럼 당신에게 비싼 것을 선물로 드릴게요."

La Cinigia answered, "Very well.
라 시니쟈가 대답했다. "알겠습니다.

Twenty-four hours will suffice me."
24시간이면 충분합니다."

And after twenty-four hours she brought the news, "The spoon is to be found in the court in a hole adjacent to the sewer."
24시간 후, 그녀는 다음과 같은 내용을 밝혔다. "숟가락은 마당 하수구 옆에 있는 구멍에 있을 겁니다."

Donna Cristina and Maria descended to the court, searched, and to their great astonishment found the missing piece.
도나 크리스티나와 마리아가 마당으로 내려가서 봤더니, 놀랍게도 잃어버린 수저가 거기 있었다.

The news spread rapidly throughout Pescara.
이 소식은 페스카라 전역에 급속히 퍼졌다.

Then in triumph, Candia Marcanda immediately began to frequent the streets.
그러자, 곧 의기양양해진 칸디아 마르칸다의 모습을 거리에서 자주 볼 수 있었다.

She seemed taller, held her head more erect and smiled into the eyes of everyone as if to say, "Now you have seen for yourselves?"

그녀는 키가 더 커 보였고, 머리를 더 꼿꼿이 세우고 모든 사람의 눈을 보며 미소를 짓는 모습이 마치 이렇게 말하는 듯했다, "이제 똑똑히들 보셨죠?"

The people in the shops, when she passed by, murmured something and then broke into laughter.
가게에 있던 사람들은 그녀가 지나가자, 뭔가 중얼거리더니 이내 웃음을 터뜨렸다.

Filippo Selvi, who was drinking a glass of brandy in the Cafe d'Angeladea, called to Candia, "Over here is a glass waiting for Candia."
카페 단젤라데아에서 브랜디를 마시고 있던 필리포 셀비가 칸디아를 불렀다. "여기와서 한잔해요, 칸디아."

The woman, who loved ardent liquor, moved her lips greedily.
독한 술을 좋아하던 그녀가 탐욕스럽게 입술을 씰룩거렸다.

Filippo Selvi added, "And you are deserving of it, there is no doubt of that."
필리포 셀비가 말을 이었다, "당신은 한잔하셔도 돼요. 자격이 있죠. 의심의 여지가 없어요."

A crowd of idlers had assembled before the cafe.
카페 앞에는 게으름뱅이들이 떼로 모여 있었다.

All wore a teasing expression upon their countenances.
모두의 얼굴에는 놀리는 표정이 선연했다.

Filippo La Selvi having turned to his audience while the woman was drinking, vouchsafed, "And she knew how to find it, did she?

필리포 라 셀비는 그녀가 술을 마시고 있는 동안, 그를 바라보는 사람들에게 몸을 돌리면서 말했다, "이 사람은 찾는 방법을 알고 있었던 거죠, 안 그래요?

The old fox...."
늙은 여우 같으니라고...."

He struck familiarly the bony shoulder of the laundress by way of prelude.
그는 전주곡처럼 세탁부의 뼈가 앙상한 어깨를 스스럼없이 툭툭 쳤다.

Everyone laughed.
모두가 웃었다.

Magnafave, a small hunchback, defective in body and speech and halting on the syllables, cried:
작은 꼽추인 데다 몸과 말에 결함이 있는 마그나파브가 음절사이를 잇지 못하며 외쳤다,

"Ca-ca-ca-Candia-a-and-Cinigia!"
"카-카-카-칸디아-그-그리고-시니지아!"

He followed this with gesticulations and wary stutterings, all of which implied that Candia and La Cinigia were in league.
그는 여러 가지 몸짓도 섞고 경계하는 듯한 눈초리로 더듬더듬 말을 이어갔는데, 그의 말은 칸디아와 라 시니지아가 서로 짠 것이 아니냐는 의미였던 것 같았다.

At this the crowd became convulsed with mirth.
그러자 사람들은 포복절도하였다.

Candia remained dazed for a moment with the glass in her hand.
칸디아는 잔을 손에 든 채 잠시 멍하게 있었다.

Then of a sudden she understood.
그러다 갑자기 그녀는 깨달았다.

They still did not believe in her innocence.
사람들은 여전히 그녀의 결백을 믿지 않고 있었던 것이다.

They were accusing her of having secretly carried back the spoon, in agreement with the fortune-teller as to the placing of it, in order to escape disgrace.
그들은 그녀가 망신당하는 것을 피하기 위해 숟가락을 갖다 놓을 장소를 점쟁이와 짜고 몰래 숟가락을 가져다 놨다고 비난하고 있었다.

At this thought, the blind grip of rage seized her.
그들의 이런 비난에 그녀는 화가 나서 앞이 깜깜할 정도였다.

She could not find words for speech.
말문이 막혔다.

She threw herself upon the weakest of her tormentors, which was the small hunchback, and belaboured him with blows and scratches.
그녀는 자신을 괴롭히는 사람들 중에 가장 약한 작은 꼽추에게 몸을 날려 그를 때리고 손톱으로 할퀴었다.

The crowd, taking a cruel pleasure in witnessing the scuffle, cheered itself into a circle as if watching the struggle of two animals, and encouraged both combatants with cries and gesticulations.

사람들은 난투극을 지켜보는 잔혹한 즐거움으로, 마치 두 마리의 동물이 싸우는 것을 지켜보는 것처럼 원을 그리며 환호했고, 소리 지르고 몸을 써가며 싸우고 있는 두 명을 부추겼다.

Magnafave, terrified by her unexpected madness, sought to flee, dodging like a monkey; but, detained by those terrible hands of the laundress, he whirled with ever-increasing velocity, like a stone from a sling, until at length he fell upon his face with great violence.
그녀가 예상치 못하게 미친 듯이 달려들자, 겁을 먹은 마그나파브는 원숭이처럼 피하면서 도망치려 했다. 그러나 세탁부의 무지막지한 손에 잡혀, 그는 점점 더 빨리 돌다가 새총에서 튀어 나간 돌처럼 바닥에 얼굴을 심하게 박아 버렸다.

Several ran forward to raise him.
몇몇 사람들이 그를 일으켜 세우기 위해 앞으로 달려 나갔다.

Candia withdrew in the midst of hisses, shut herself up in her house, threw herself across her bed, weeping and biting her fingers.
칸디아는 식식 대며 그 자리를 떠나, 집에 틀어박혀 눈물을 흘리고 손가락을 물어뜯으며 침대에 몸을 던졌다.

This latest accusation burnt into her more than the former, particularly because she realised that she was capable of such a subterfuge.
사람들의 이번 비난은, 그녀가 빤히 그런 속임수도 쓸 수 있다는 의미였기에, 지난번보다 그녀에게 더 큰 상처를 주었다.

How to disentangle herself now?
그럼 그녀는 이떻게 이 문제를 풀어야 할까?

How make the truth clear?

진실을 어떻게 밝혀야 할까?

She grew desperate on thinking that she could not justify any material difficulties that might have hindered the execution of such a deceit.
그런 속임수를 쓰지 않아도 될 정도로 물질적으로 어렵지 않다고 말할 수는 없는 상태라서 그녀는 점점 절망스러워졌다.

Access to the court was very easy; a never closed door was on the first landing-place of a large staircase and in order to dispose of waste matter and to attend to other diverse duties, a quantity of people passed freely in and out of that doorway.
사람들의 마당에 접근하기는 매우 쉬웠다. 커다란 계단의 첫 번째 층계참에 있는 문들은 언제나 열려 있었고, 쓰레기 처리와 그 밖의 다른 많은 일을 처리하기 위해 많은 사람들이 그 출입구들로 자유롭게 출입하고 있었기 때문이었다.

Therefore she could not close the mouths of her accusers by saying, "How could I have got in there?"
그래서 그녀는 "내가 어떻게 거기 가겠어요?, 난 못해요!"라고 몸을 사리면서 자신을 비난하는 사람들의 입을 막을 수는 없는 노릇이었다.

The means for accomplishing such an undertaking were many and simple, and on this very lack of obstacles popular opinion chose to establish itself.
여러 가지 쉬운 방법으로 사람들의 마당으로 들어갈 수도 있고, 그 어떤 장애물도 없어서 그런 식으로 하다 보면, 사람들이 진실을 알게 될 거라고 생각했다.

Candia therefore sought different persuasive arguments; she sharpened all her cunning, imagined three, four, five separate circumstances that might easily account for the finding of the spoon in that hole; she took refuge in mental turnings and twistings of every kind and subtilised with singular ingenuity.

그래서 칸디아는 다른 식으로 설득할 수 있는 방법을 찾았다. 그녀는 매우 주도면밀하게 그 구멍에서 숟가락이 발견된 것을 쉽게 설명 할 수 있는 세 가지, 네 가지, 다섯 가지 상황을 만들어 냈다. 그녀는 마음속으로 모든 종류의 변수와 왜곡을 떠올렸으며 독특한 독창성으로 이들을 가다듬어 갔다.

Later she began to go around from shop to shop, from house to house, straining in every way to overcome the incredulity of the people.

그 후, 그녀는 사람들의 불신을 극복하기 위해 모든 방법을 동원하여 이 가게 저 가게, 이 집 저 집을 돌아다니기 시작했다.

At first they listened to her enticing arguments for a diversion.

처음에 사람들은 기분 전환 겸 그녀의 그럴듯한 말에 귀를 기울였다.

At last they said, "Oh, very well!

그러다가, 마지막에는, 사람들이 말했다. "아, 그렇구나!

Very well!"

진짜 그렇네요!"

But with a certain inflection of the voice which left Candia crushed.

그러나 그 목소리의 억양은 왠지 칸디아를 위축시켰다.

All her efforts then were useless.

그녀의 모든 노력은 쓸모가 없었다.

No one believed!
아무도 그녀를 믿지 않았다!

With an astonishing persistency, she returned to the siege.
놀라운 끈기로 그녀는 다시 전면전을 개시했다.

She passed entire nights pondering on new reasons, how to construct new explanations, to overcome new obstacles.
그녀는 밤을 새워 새로운 이유, 새로운 설명 방법, 새로운 장애물을 극복하는 방법에 대해 곰곰이 생각하였다.

Little by little, from the continuous absorption, her mind weakened, could not entertain any thought save that of the spoon, and had scarcely any longer any realisation of the events of every day life.
이런 것들이 계속되자 그녀의 마음은 점차 약해지고, 숟가락 말고 다른 생각은 할 수 없게 되었으며, 일상생활을 영위해 나가기가 너무 힘들어졌다.

Later, through the cruelty of the people, a veritable mania arose in the mind of the poor woman.
이후, 사람들의 잔혹함으로 이 가난한 여인의 마음속에 진짜 광기가 일었다.

She neglected her duties and was reduced almost to penury.
그녀는 자신의 의무를 게을리하여 거의 돈 한 푼 없게 되었다.

She washed the clothes badly, lost and tore them.
그녀는 옷을 대충 빨고, 잃어버리고, 찢어 먹었다.

When she descended to the bank of the river under the iron-bridge where the other laundresses had collected, at times she let escape from her hands garments which the current snatched and they were gone forever.

그녀가 다른 세탁부들이 모여있는 철교 아래 강둑으로 내려가 빨래를 하면, 이따금 옷들이 그녀의 손에서 벗어나 물살을 타고 영원히 사라지기도 하였다.

She babbled continuously on the same subject.

그녀는 같은 얘기를 계속해서 중얼거렸다.

To drown her out the young laundresses set themselves to singing and to bantering one another from their places with impromptu verses.

그녀의 소리를 듣지 않기 위해, 젊은 세탁부들은 노래를 부르기도 하고 그 자리에서 즉흥적으로 가사를 만들어 가며 서로 농담을 주고받았다.

She shouted and gesticulated like a mad woman.

그녀는 미친 여자처럼 소리를 지르며 손짓발짓을 해댔다.

No one any longer gave her work.

아무도 그녀에게 다시 일을 주지 않았다.

Out of compassion for her, her former customers sent her food.

그녀에 대한 동정심으로 그녀의 예전 고객들은 그녀에게 음식을 보냈다.

Little by little the habit of begging settled upon her.

조금씩 구걸하는 습관이 그녀에게 자리를 잡았다.

She walked the streets, ragged, bent, and dishevelled.

그녀는 구부정한 자세와 헝클어진 머리로 다 떨어진 옷을 입고 거리를 걸어 다녔다.

Impertinent boys called after her, "Now tell us the story of the spoon, that we may know about it, do, Candia!"
버릇없는 동네 꼬마들이 그녀를 따라다니며 외쳤다. "자, 숟가락에 관해 이야기를 해봐요. 그래야 우리가 알죠. 어서요. 칸디아!"

She stopped sometimes unknown passersby to recount her story and to wander into the mazes of her defence.
그녀는 때때로 길을 가던 모르는 사람을 세워 놓고, 자신의 이야기를 들려주고 자신을 옹호하며 횡설수설하였다.

The scapegoats of the town hailed her and for a cent made her deliver her narration three, four times; they raised objections to her arguments and were attentive to the end of the tale for the sake of wounding her at last with a single word.
마을 사람들은 그녀를 불러서 1센트에 그녀의 이야기를 서너 번 하게 했다. 그들은 그녀의 주장에 이의를 제기했고, 마지막에 그녀에게 한 마디로 상처를 주기 위해 이야기를 끝까지 주의를 기울이며 들었다.

She shook her head, moved on and clung to other feminine beggars and reasoned with them, always, always indefatigable and unconquerable.
그녀는 고개를 저으며 계속해서 다른 여자 거지들에게 매달려서는, 항상 지칠 줄 모르고, 누구에게도 지지 않으며 그들에게 계속 설명했다.

She took a fancy to a deaf woman whose skin was afflicted with a kind of reddish leprosy, and who was lame in one leg.

그녀는 피부에 일종의 붉은 나병이 있고 한쪽 다리를 저는 귀머거리 여자를 좋아했다.

In the winter of 1874 a malignant fever seized her.
1874년 겨울, 그녀는 악성 열병에 걸렸다.

Donna Cristina Lamonica sent her a cordial and a hand-warmer.
도나 크리스티나 라모니카는 그녀에게 음료와 손난로를 보냈다.

The sick woman, stretched on her straw pallet, still babbled about the spoon.
병든 여자는 짚으로 만든 깔판에 길게 누워 여전히 숟가락에 대해 횡설수설하였다.

She raised on her elbows, tried to motion with her hands in order to assist in the summing up of her conclusions.
그녀는 팔꿈치를 들고 손을 움직이면서 자신이 내린 결론을 정리하려고 하자,

The leprous woman took her hands and gently soothed her.
나병에 걸린 여자가 손을 잡으며 부드럽게 그녀를 달랬다.

In her last throes, when her enlarged eyes were already being veiled behind some suffusing moisture that had mounted to them from within, Candia murmured, "I was not the one, Signor ... you see ... because ... the spoon...."
단말마의 고통 속에서, 그녀의 확대된 눈이 내부로부터 올라와 퍼진 습기로 베일처럼 이미 가려지고 있을 때, 칸디아가 중얼거렸다, "내가 아니에요, 나리... 아시잖아요... 왜냐하면... 수저는...."

Tale Ten

THE DEATH OF THE DUKE OF OFENA
오페나 공작의 죽음

I

When the first confused clamour of the rebellion reached Don Filippo Cassaura, he suddenly opened his eyelids, that weighed heavily upon his eyes, inflamed around the upturned lids, like those of pirates who sail through stormy seas.

반란의 혼란스러운 첫 아우성이 돈 필리포 카사우라에게 까지 들렸을 때, 그는 자신의 눈을 무겁게 누르고 있던 눈꺼풀을 갑자기 열었다. 위로 치켜뜬 눈꺼풀 주변에는 폭풍우 치는 바다를 항해하는 해적들처럼 염증이 생겨 있었다.

"Did you hear?" he asked of Mazzagrogna, who was standing nearby, while the trembling of his voice betrayed his inward fear.

"들었는가?" 그가 근처에 서 있던 마짜그로냐에게 물었을 때, 떨리는 그의 목소리는 내면의 두려움을 드러내고 있었다.

The majordomo answered, smiling, "Do not be afraid, Your Excellency.

집사가 웃으며 대답했다, "두려워하지 마십시오, 각하.

Today is St. Peter's day.
오늘은 성 베드로 대축일입니다.

The mowers are singing."
잔디 깎는 사람들이 노래하고 있는 겁니다."

The old man remained listening, leaning on his elbow and looking over the balcony.
노인은 팔꿈치로 몸을 기대고 발코니 너머를 바라보며 계속 듣고 있었다.

The hot south wind was fluttering the curtains.
뜨거운 남풍이 커튼을 펄럭이고 있었고,

The swallows, in flocks, were darting back and forth as rapidly as arrows through the burning air.
제비는 떼를 지어 뜨거운 공기 속을 화살처럼 빠르게 앞뒤로 날아다녔다.

All the roofs of the houses below glared with reddish and greyish tints.
아래 집들의 모든 지붕은 불그스레 하거나 희끄무레하게 빛났다.

Beyond the roofs was extended the vast, rich country, gold in colour, like ripened wheat.
지붕 너머에는 밀이 익은 것처럼 황금색의 광활하고 풍성한 시골 풍경이 펼쳐져 있었다.

Again the old man asked, "But Giovanni, have you heard?"
노인이 다시 물었다. "그런데 지오반니, 듣지 않았는가?"

And indeed, clamours, which did not seem to indicate joy, reached their ears.
그리고 실제로, 기쁜 소리가 아닌 듯한 아우성이 그들의 귀에도 들렸다.

The wind, rendering them louder at intervals, pushing them and intermingling with its whistling noise, made them appear still more strange.
바람을 타고 그 소리는 이따금 더 크게 들렸다가, 바람 소리와 섞이면서 한층 더 이상하게 들렸다.

"Do not mind that, Your Excellency," answered Mazzagrogna.
"걱정하지 마십시오, 각하." 마자그로냐가 대답했다.

"Your ears deceive you."
"잘못 들으신 겁니다."

"Keep quiet."
"조용히 해보게. "

And he arose to go towards one of the balconies.
이어, 그는 일어나서 발코니 중 한 곳으로 향했다.

He was a thick-set man, bow-legged, with enormous hands, covered with hair on the backs like a beast.
그는, 떡 벌어진 몸집에, 다리가 활처럼 휘고, 거대한 손등에는 짐승처럼 털로 뒤덮인 사람이었다.

His eyes were oblique and white, like those of the Albinos.
그의 눈꼬리는 치켜 올라가 있었고, 색소 결핍증에 걸린 사람의 눈처럼 하얀색이었으며,

His face was covered with freckles.
얼굴은 주근깨로 덮여 있었다.

A few red hairs straggled upon his temples and the bald top of his head was flecked with dark projections in the shape of chestnuts.
관자놀이에는 몇 가닥의 붉은 머리카락들이 제멋대로 흐트러져 있었으며, 머리 위쪽의 대머리는 밤처럼 생긴 검은 돌기들로 얼룩덜룩했다.

He remained standing for a while, between the two curtains, inflated like sails, in order to watch the plain beneath.
그는 돛처럼 부풀려진 두 개의 커튼 사이에, 잠시 서서, 아래 평야를 바라보았다.

Thick clouds of dust, rising from the road of the Fara, as after the passing of immense flocks of sheep, were swept by the wind and grew into shapes of cyclones.
거대한 양 떼가 지나간 후처럼, 파라 도로에서 올라오는 두꺼운 먼지구름이 바람에 휩쓸려 사이클론처럼 커져 있었다.

From time to time these whirling clouds caused whistling sounds, as if they encompassed armed people.
때론 이렇게 소용돌이치는 구름은 무장한 사람들을 에워싸듯 휘파람 소리를 냈다.

"Well?" asked Don Filippo, uneasily.
"괜찮은 거지?" 돈 필리포 불안한 듯 물었다.

"Nothing," repeated Mazzagrogna, but his brows were contracted.
"아무 일도 없습니다," 라고 마짜그로냐가 반복했지만, 그의 눈썹은

찌푸려져 있었다.

Again the impetuous rush of wind brought a tumult of distant cries.
다시 격렬한 바람을 타고 외치는 소리가 멀리서 들렸다.

One of the curtains, blown by the wind, began to flutter and wave in the air like an inflated flag.
바람에 날리고 있는 커튼 하나가 펼쳐진 깃발처럼 펄럭이기 시작했다.

A door was suddenly shut with violence and noise, the glass panel trembled from the shock.
소음과 함께 문이 갑자기 세게 닫히자, 그 충격으로 유리창이 떨렸고,

The papers, accumulated upon the table, were scattered around the room.
탁자 위에 쌓여 있던 서류들이 방 여기저기에 흩어졌다.

"Do close it!
"어서 문 닫아!

Do close it!" cried the old man, with emotional terror.
어서!" 노인은 두려워서 감정적으로 소리를 질렀다.

"Where is my son?"
"내 아들은 어디 있나?"

He was lying upon the bed, suffocated by his fleshiness, and unable to rise, as all the lower part of his body was deadened by paralysis.
그는 살이 쪄서 숨을 헐떡거리며 침대에 누워 있었는데, 하반신이

중풍으로 마비되어 감각이 없어졌기 때문이었다.

A continuous paralytic tremor agitated his muscles.
그의 근육들은 계속 중풍으로 떨리고 있었다.

His hands, lying on the bed sheets, were contorted, like the roots of old olive trees.
침대 시트위에 놓여 있는 그의 손은 오래된 올리브 나무의 뿌리처럼 뒤틀려져 있었다.

A copious perspiration dripped from his forehead and from his bald head, and dropped from his large face, which had a pinkish, faded colour, like the gall of oxen.
그의 이마와 대머리에서 땀이 방울방울 엄청나게 떨어졌고, 소의 쓸개처럼 분홍빛이 돌면서 뭔가 바랜듯한 그의 커다란 얼굴에서도 떨어졌다.

"Heavens!" murmured Mazzagrogna, between his teeth, as he closed the shutters vehemently.
"이런!" 마짜그로냐가 겉문을 세게 닫고 입을 오므리며 중얼거렸다.

"They are in earnest!"
"장난이 아니구나!"

One could now perceive upon this road of Fara, near the first house, a multitude of men, excited and wavering, like the overflow of rivulets, which indicated a still greater multitude of people, invisible, hidden by the rows of roofs and by the oak trees of San Pio.
첫 번째 집 근처의 파라 도로 위에는 많은 사람들이 개울이 범람하는 것처럼 흥분하고 갈팡질팡하는 것이 보였는데, 산 피오의 떡갈나무들과 지붕들 때문에 가려서 보이지 않는 훨씬 더 많은 사람들이 있다는 것도 짐작할 수 있었다.

The auxiliary legion of the country had met the one of the rebellion.
지켜만 보던 많은 사람들이 반란군의 한 무리에게 합세했던 것이다.

Little by little the crowd would diminish, entering the roads of the country and disappearing like an army of ants through the labyrinth of the ant hill.
그러나, 사람들의 수는 점차 조금씩 줄어들었다. 사람들이 여러 길로 들어가서 개미 언덕의 미로로 들어가는 개미들처럼 사라졌기 때문이었다.

The suffocated cries, echoing from house to house, reached them now, like a continuous but indistinct rumbling.
이 집 저 집에서 나오는 숨 막히는 외침이 메아리치는 것처럼 들리기는 했지만, 그 소리는 웅성거리는 듯 불명확했다.

At moments there was silence and then you could hear the great fluttering of the ash trees in front of the palace, which seemed as if already abandoned.
이따금 침묵이 흘렀다가, 이미 폐허가 된 듯한 궁전 앞의 물푸레나무들이 심하게 흔들리는 소리를 들을 수 있었다.

"My son!
"내 아들!

Where is he?" again asked the old man, in a quivering, squeaking voice.
그 애는 어디 있는가?" 떨리듯 높은 목소리로 노인이 다시 물었다.

"Call him!

"그를 불러 오라!

I wish to see him."
내가 봐야겠다."

He trembled upon his bed, not only because he was a paralytic, but also because of fear.
그는 침대에서 몸을 떨었다, 그 이유는 그가 중풍 병자였을 뿐만 아니라 두렵기도 했기 때문이었다.

At the time of the first seditious movement of the day before, at the cries of about a hundred youths, who had come under the balcony to shout against the latest extortions of the Duke of Ofena, he had been overcome by such a foolish fright, that he had wept like a little girl, and had spent the night invoking the Saints of Paradise.
전날 첫 폭동이 발생하여, 100명가량의 젊은이들이 발코니 아래까지 몰려와서 오페나 공작의 최근 착취에 대해 반대하며 외치는 소리 때문에 그는 바보 같은 공포에 사로잡혔다. 그는 어린 소녀처럼 울었고, 하늘에 계신 성인들에게 호소하느라 밤을 지세웠다.

The thought of death and of his danger gave rise to an indescribable terror in that paralytic old man, already half dead, in whom the last breaths of life were so painful.
죽음과 그가 처한 위험에 대한 생각으로, 그는 이미 반쯤 죽은 거나 다름없었고, 숨 쉬는 것도 너무 고통스러워하는 중풍 걸린 이 노인에게 이런 생각은 뭐라 말할 수 없는 공포를 불러일으켰다.

He did not wish to die.
그는 죽고 싶지 않았다.

"Luigi!
"루이지!

Luigi!" he began to cry in his anguish.
루이지!" 그는 비통하게 울기 시작했다.

All the place was filled with the sharp rattling of the window glasses, caused by the rush of the wind.
바람이 거세게 불어 유리창이 날카롭게 덜컹거리는 소리가 사방을 가득 채웠다.

From time to time one could hear the banging of a door, and the sound of precipitate steps and sharp cries.
이따금, 문이 닫히는 소리, 가파른 계단에서 나는 소리, 날카로운 비명 소리들이 들렸다.

"Luigi!"
"루이지!"

II

The Duke ran up.
공작이 달려왔다.

He was somewhat pale and excited, although endeavouring to control himself.
그는 자신을 진정시켜려고 노력했지만, 그의 안색은 다소 창백했고 흥분해 있었다.

He was tall and robust, his beard still black on his heavy jaws.
그는 키가 크고 건장했으며, 그의 살집이 두둑한 턱에 난 수염은 아직도 검은색이있다.

From his mouth, full and imperious, came forth explosive

outbursts; his voracious eyes were troubled; his strong nose, covered with red spots, quivered.
그의 부풀어 오른 거만하게 보이는 입에서는 폭발하듯 소리가 터져 나오고, 탐욕스러운 눈에는 근심이 가득했으며, 붉은 반점으로 덮이고 강하게 보이는 코는 떨리고 있었다.

"Well, then?" asked Don Filippo, breathlessly, with a rattling sound, as though suffocated.
"자, 그런데?" 돈 필리포가 숨이 막히는 듯 헐떡거리며 컥컥거리는 소리를 내며 물었다

"Do not fear, father, I am here," answered the Duke, approaching the bed and trying to smile.
"두려워하지 마세요, 아버지, 제가 여기 있잖아요," 공작은 침대로 다가가며 웃으려고 노력하면서 말했다.

Mazzagrogna was standing in front of one of the balconies, looking out attentively.
마짜그로냐는 발코니 앞에 서서 주의 깊게 밖을 내다보고 있었다.

No cries reached them now and no one was to be seen.
이제는 어떤 울음소리도 들리지 않았고 아무도 보이지 않았다.

The sun, gradually descending in the clear sky, was like a rosy circle of flames, enlarging and glaring over the hilltops.
맑은 하늘에서 서서히 지고 있는 태양은 장밋빛 불꽃 고리 같이 언덕 위에서 더 커지고 눈부시게 빛나고 있었다.

All the country around seemed to burn and the southwest wind resembled a breath from the fire.
사방이 온통 불타는 듯했고 남서풍은 불의 숨결 같았다.

The first quarter of the moon arose through the groves of Lisci.
리쉬 숲 위로 초승달이 떠 올랐다.

Poggio, Revelli, Ricciano, Rocca of Forca, were seen through the window panes, revealed by distant flashes of lightning, and from time to time the sound of bells could be heard.
포죠, 레벨리, 리치아노, 포르카 출신의 로카가 유리창 너머로 보였고, 번개가 멀리서 번쩍여서 그들을 알아볼 수 있었다. 그리고 때때로 종소리가 들렸다.

A few incendiary fires began to glow here and there.
여기 저기에서 방화가 시작되었다.

The heat was suffocating.
더위로 숨이 막힐 것 같았다.

"This," said the Duke of Ofena, in his hoarse, harsh voice, "comes from Scioli, but-"
"이번 사건은" 오페나 공작이 쉰 목소리로 말했다, "시올리가 일으켰습니다, 그런데-"

He made a menacing gesture, then he approached Mazzagrogna.
그는 위협적인 몸짓하더니 마짜그로냐쪽으로 다가갔다.

He felt uneasy, because Carletto Grua could not yet be seen.
칼레토 그루아가 아직 보이지 않았기 때문에 그는 뭔가 불안했다.

He paced up and down the hall with a heavy step.
그는 무거운 발걸음으로 복도를 서성거렸다.

He then detached from a hook two long, old-fashioned pistols, examining them carefully.
그러더니, 그는 두 개의 긴 구식 권총을 총 걸이에서 떼어내서 주의 깊게 살펴보았다.

The father followed his every movement with dilated eyes, breathing heavily, like a calf in agony, and now and then he shook the bed cover with his deformed hands.
아버지는 고통스러워하는 송아지처럼 가쁜 숨을 몰아쉬며 눈이 휘둥그레져 그의 일거수일투족을 지켜보면서, 이따금 일그러진 손으로 침대보를 흔들었다.

He asked two or three times of Mazzagrogna, "What can you see?"
그는 마짜그로냐에게 두세 번 물었다, "무엇이 보이느냐?"

Suddenly Mazzagrogna exclaimed, "Here comes Carletto, running with Gennaro."
갑자기 마짜그로냐가 외쳤다. "칼레토와 젠나로가 달려오고 있습니다."

You could hear, in fact, the furious blows upon the large gate.
실제로 대문을 다급히 두드리는 소리를 들을 수 있었다.

Soon after, Carletto and the servant entered the room, pale, frightened, stained with blood and covered with dust.
곧 칼레토와 히인이 창백히게 겁에 질리고 피로 얼룩져서 먼지를 뒤집어쓴 채 ,방으로 들어왔다.

The Duke, on perceiving Carletto, uttered a cry.

공작이 칼레토를 보고 외쳤다.

He took him in his arms and began to feel him all over his body, to find the wounds.
공작은 팔로 그를 안고 상처를 찾기 위해 온몸을 더듬기 시작했다.

"What have they done to you?
"그놈들이 너에게 무슨 짓을 한 거야?

What have they done to you?
도대체 무슨 짓을 한 거야?

Tell me!"
말해 보아라!"

The youth was weeping like a girl.
청년은 소녀처럼 울었다.

"There," said he, between his sobs.
"거기요," 흐느끼면서 그가 말했다.

He lowered his head and pointed on the top, to some bunches of hair, sticking together with congealed blood.
그는 머리를 숙여서 머리끝을 가리켰다. 머리카락 몇 뭉치에 응고된 피가 엉겨 붙어 있었다.

The Duke passed his fingers softly through the hair to discover the wounds.
공작은 상처를 찾기 위해 머리카락들 사이로 부드럽게 손가락을 집어넣었다.

He loved Carletto Grua, and had for him a lover's solicitude.

그는 칼레토 그루아를 사랑했고 그를 연인처럼 대했다.

"Does it hurt you?" he asked.
"여기가 아픈가?" 그가 물었다.

The youth sobbed more vehemently.
청년은 더욱 격렬하게 흐느꼈다.

He was slender, like a girl, with an effeminate face, hardly shaded by an incipient blond beard, his hair was rather long, he had a beautiful mouth, and the sharp voice of an eunuch.
그는 소녀처럼 호리호리했고, 여성스러운 얼굴에, 아직은 금발 수염이 처음 나기 시작해서인지 거뭇거뭇하지는 않았고, 머리는 다소 길었으며, 아름다운 입과 내시 같은 날카로운 목소리를 가지고 있었다.

He was an orphan, the son of a confectioner of Benevento.
그는 베네벤토의 과자 장사꾼 아들로 고아였으며,

He acted as valet to the Duke.
공작의 개인 비서 역할을 하고 있었다.

"Now they are coming," he said, his whole frame trembling, turning his eyes, filled with tears, towards the balcony, from which came the clamours, louder and more terrible.
"저기 사람들이 몰려오고 있어요," 그가 말했다, 그의 온몸은 떨렸다. 눈물이 가득한 눈으로 발코니 쪽을 바라봤더니, 그곳에서는 더 크고 더 끔찍한 소리가 들렸다.

The servant, who had a deep wound upon his shoulder,

and his arm up to the elbow all stained with blood, was telling falteringly how they had both been overtaken by the maddened mob, when Mazzagrogna, who had remained watching, cried out, "Here they are!

어깨에 깊은 상처를 입고 팔은 팔꿈치까지 온통 피로 물든 하인이 미친 폭도들에게 두 사람이 어떻게 잡혀갔었는지를 더듬거리며 말을 하자, 지켜보고 있던 마짜그로냐가 외쳤다. "사람들이 여기까지 왔습니다!

They are coming to the palace.
궁으로 몰려오고 있어요.

They are armed!"
무장하고 있습니다!"

Don Luigi, leaving Carletto, ran to look out.
돈 루이지는 칼레토를 내버려 두고 서둘러 밖을 내다보았다.

III

In truth, a multitude of people, rushing up the wide incline with such united fury, shouting and shaking their weapons and their tools, did not resemble a gathering of individuals, but rather the overflow of a blind mass of matter, urged on by an irresistible force.

사실, 그렇게 한마음으로 격분하여 소리 지르며 무기와 연장을 휘두르며 넓은 언덕을 달려오는 수많은 사람들은, 단지 사람들을 모아놓은 것이 아니라, 어떤 저항할 수 없는 힘에 이끌리고 있는 통제 불능의 물질 덩어리들이 흘러넘치는 것과 비슷했다.

In a few moments, the mob was beneath the palace, stretching around it like an octopus, with many arms, and enclosing the whole edifice in a surging circle.

잠시 후, 폭도들은 궁전 아래까지 와, 무기를 들고, 문어처럼 궁 주변에 길게 늘어서서는, 분노에 휩싸여 건물 전체를 원처럼 둘러싸고 있었다.

Some among the rebels carried large bunches of lighted sticks, like torches, casting over their faces a mobile, reddish light and scattering sparks and burning cinders, which caused noisy, crackling sounds.

폭도 중 일부는 횃불처럼 불붙은 막대기 다발을 들고 다녀, 그들의 얼굴에 움직이는 붉은 빛을 비추기도 하고 불꽃이 흩어지기도 하고, 붙붙은 재가 날아다니며 요란하게 탁탁거리는 소리가 나기도 했다.

Some, in a compact group, were carrying a pole, from the top of which hung the corpse of a man.

작은 무리 속의 어떤 사람들은 장대를 들고 있었는데, 그 꼭대기에는 한 남자의 시체가 걸려 있었다.

They were threatening death, with gestures and cries.

그들은 몸짓으로, 고함소리로, 죽이겠다고 위협하고 있었다.

With hatred they were shouting the name, "Cassaura!

그들은 분노에 싸여 이름을 외치고 있었다, "카사우라!

Cassaura!"

카사우라!"

The Duke of Ofena threw up his hands in despair upon recognising on the top of the pole the mutilated body of Vincenzio Murro, the messenger he had sent during the night to ask for help from the soldiers.

오페나 공작은 장대 꼭대기에서, 군대에 도움을 요청하기 위해, 밤에 자신이 보낸 전령 빈센치오 무로의 훼손된 시신을 발견하고, 절망스럽게 손을 들어 올렸다.

He pointed out the hanging body to Mazzagrogna, who said, in a low voice, "It is the end!"
오페나 공작이 매달려 있는 시체를 마짜그로냐에게 가리키자, 그가 목소리를 낮춰 말했다. "끝났구나!"

Don Filippo, however, heard him, and began to give forth such a rattling sound that they all felt their hearts oppressed and their courage failing them.
그렇지만 돈 필리포는 마짜그로냐가 하는 말을 듣고, 모두가 가슴이 답답해지고 용기가 떨어지는 것을 느낄 정도로, 죽을 듯이 탄식을 하였다.

The servants, with pale faces, ran to the threshold, and were held there by cowardice.
안색이 창백해진 하인들이 문 쪽으로 달려갔지만 그들은 겁을 먹고 그 자리에서 얼어붙었다.

Some were crying and invoking their Saints, while others were contemplating treachery.
어떤 사람들은 울며 수호성인을 부르고 있었고, 또 어떤 사람들은 배반을 생각하고 있었다.

"If we should give up our master to the people, they might, perhaps, spare our lives."
"우리가 우리 주인을 사람들에게 넘겨준다면 사람들이 우리를 살려줄지도 몰라."

"To the balcony!
"발코니로 가자!

To the balcony!" cried the people, breaking in. "To the

balcony!"
발코니로!" 사람들이 몰려가며 소리를 질렀다. "발코니!"

At this moment, the Duke spoke aside, in a subdued voice, to Mazzagrogna.
이 순간 공작은 조용한 목소리로 옆에 있는 마짜그로냐에게 뭔가를 말하더니,

Turning to Don Filippo, he said, "Place yourself in a chair, father; it will be better for you."
돈 필리포를 돌아보며 말했다, "의자에 앉아 계세요, 아버지. 좋아질 거예요."

A slight murmur arose among the servants.
하인들이 조금씩 수군거렸다.

Two of them came forward to help the paralytic to get out of bed.
하인 두 명이 앞으로 나와 중풍 병자가 침대에서 나오는 것을 도왔다.

Two others stood near the chair, which ran on rollers.
다른 두 명은 바퀴가 달린 의자 근처에 서 있었다.

The work was painful.
고통스러운 일이었다.

The corpulent old man was panting and lamenting loudly, his arm clinging to the neck of the servant who supported him.
뚱뚱한 노인은 숨을 헐떡이며 큰 소리로 한탄하고 있었고, 팔로 자기를 지탱하고 있는 하인의 목을 잡고 매달렸다.

He was dripping with perspiration, while the room, the shutters being closed, was filled with an unbearable stench.

그에게서 땀이 뚝뚝 떨어지고 있었고, 겉문을 닫은 방은 참을 수 없는 악취로 가득 찼다.

When he reached the chair, his feet began to tap on the floor with a rhythmical motion.

의자에 다다르자, 그의 발은 박자를 맞추듯이 바닥을 두드리기 시작했다.

His loose stomach hung on his knees, like a half filled leather bag.

그의 축 처진 배는, 반쯤 채워진 가죽 가방처럼, 무릎에 닿아 있었다.

Then the Duke said to Mazzagrogna, "Giovanni, it is your turn!"

그러자 공작이 마짜그로냐에게 말했다, "지오반니, 이제 당신 차례요!"

And the latter, with a resolute gesture, opened the shutters and went out onto the balcony.

그러자 마짜그로냐는 단호한 몸짓으로 겉문을 열고 발코니로 나갔다.

IV

A sonorous shouting greeted him.

우렁차게 외치는 소리가 그를 맞이했다.

Five, ten, twenty bundles of lighted sticks were simultaneously thrust beneath the place where he was

standing.
다섯, 열, 스무 다발의 불이 붙은 막대기들이 그가 서 있는 곳 아래
에 같이 꽂혀 있었다.

The glare illuminated the animated faces, eager for
carnage, the steel of the guns, the iron axes.
그 불빛은 살육을 바라는 상기된 얼굴, 총의 철재, 철 도끼들을 환
하게 비췄다.

The faces of the torch-bearers were sprinkled with flour,
as a protection from the sparks, and in the midst of their
whitened faces their reddish eyes shone singularly.
횃불을 든 사람들의 얼굴에는 불꽃으로부터 보호하기 위해 밀가루
가 뿌려졌고, 그들의 하얘진 얼굴들 사이로 핏발 선 눈들이 기이하
게 빛났다.

The black smoke arose in the air, fading away rapidly.
검은 연기가 공중에서 피어올랐다가, 빠르게 사라져갔다.

The flames whistled and, stretching up on one side, were
blown by the wind like infernal hair.
불길은 휘파람 소리를 내면서 타올랐고, 한쪽으로 쭉 뻗어 나가자,
지옥의 머리카락처럼 바람에 날렸다.

The thinnest and dryest reeds bent over quickly,
reddening, breaking down and cracking like sky-rockets.
가장 가늘고 마른 갈대들은 금방 구부러지더니, 시뻘겋게 부서지
고, 하늘에 쏘아 올린 로켓처럼 금이 갔다.

It was a gay sight.
나름 흥겹게 보이기도 하였다.

"Mazzagrogna!

"마짜그로냐!

Mazzagrogna!
마짜그로냐!

To death with the seducer!
저 타락한 놈을 죽여라!

To death with the crooked man!" they all cried, crowding together to throw insults at him.
저 사기꾼을 죽여라!" 사람들이 모두 함께 그에게 모욕을 퍼부으며 소리를 질렀다.

Mazzagrogna stretched out his hands, as though to subdue the clamour; he gathered together all his vocal force and began, in the name of the king, as if promulgating a law to infuse respect into the people.
마짜그로냐는 소란을 진정시키려는 듯 손을 내밀었다. 그는 목소리를 한껏 높여, 왕의 이름으로 사람들에게 존경심을 불어넣는 법을 선포라도 하는 듯이 말문을 열었다.

"In the name of His Majesty, Ferdinando II, and by the grace of God, King of both Sicilies, of Jerusalem??"
"페르디난도 2세 폐하의 이름으로, 그리고 예루살렘과 양시칠리아 왕국의 왕이신 하느님의 은총으로_"

"To death with the thief!"
"저 도둑놈을 죽여라!"

Two or three shots resounded among the cries, and the speaker, struck on his chest and on his forehead, staggered, throwing his hands above his head and falling downward.

사람들의 함성 속에서 두세 발의 총성이 울려 퍼졌고, 마짜그로냐
는 그의 가슴과 이마에 총을 맞아, 비틀거리며 두 손을 머리 위로
흔들더니 아래로 떨어졌다.

Upon falling, his head stuck between two of the spikes of
the iron railing and hung over the edge like a pumpkin.
떨어지면서 그의 머리는 두 개의 철제 난간의 뾰족한 부분 사이에
끼어, 마치 호박처럼 가장자리에 매달려 있었다.

The blood began to drip down upon the soil beneath.
피가 아래쪽 땅으로 떨어지기 시작했다.

This spectacle rejoiced the people.
사람들은 환호하며 이 광경을 지켜보았다.

The uproar arose to the stars.
사람들이 외치는 소리가 하늘 끝까지 울려 퍼졌다.

Then the bearer of the pole holding the hanging corpse
came under the balcony and held the body of Vincenzio
Murro near to that of the majordomo.
그때 시체가 매달린 장대를 들고 있던 사람이 발코니 아래로 다가
와서 빈센치오 무로의 시신을 집사의 시신 옆으로 갖다 댔다.

The pole was wavering in the air and the people,
dumbfounded, watched as the two bodies jolted together.
장대가 공중에서 흔들렸다. 사람들은 놀라서 벙어리가 된 듯 두 시
체가 함께 흔들리는 것을 지켜보았다.

An improvised poet, alluding to the Albino-like eyes of
Mazzagrogna and to the bleared ones of the messenger,
shouted these lines:
한 즉흥 시인이 색소 결핍증에 걸린 사람의 눈과 비슷한 마짜그로

냐의 눈과 전령의 짓무른 눈을 암시하는 다음과 같은 구절을 외쳤다.

"Lean over the window, you fried eyes,
"창문 너머를 바라봐라, 이 튀긴 눈깔들아,

That you may look upon the open skies!"
아마 그 눈깔들로 넓은 하늘도 봤겠지!"

A great outburst of laughter greeted the jest of the poet and the laughter spread from mouth to mouth like the sound of water falling down a stony valley.
시인의 익살에 큰 웃음이 터져 나왔고, 그 웃음은 바위 계곡에서 떨어지는 물소리처럼 입에서 입으로 퍼졌다.

A rival poet shouted:
뒤질세라 또 다른 시인이 외쳤다.

"Look, what a blind man can see!
"보아라, 눈먼 자가 무엇을 볼 수 있는지!

If he closes his eyes and tries to flee."
눈 감고 도망치려고 한다면."

The laughter was renewed.
웃음이 또 터져 나왔다.

A third one cried out:
세 번째 시인이 소리쳤다.

"Oh, face of a dead brute!
"오, 죽은 짐승의 얼굴이여!

Your crazy hair stands resolute!"
네 미친 머리카락은 참 꼿꼿하게도 서 있구나!"

Many more imprecations were cast at Mazzagrogna.
마짜그로냐에게 더 많은 저주가 쏟아졌다.

A ferocious joy had invaded the hearts of the people.
표독스러운 환희가 사람들의 마음에 스며들었다.

The sight and smell of blood intoxicated those nearest.
피를 보고, 피 냄새를 맡자, 가장 가까이 지내던 사람들마저도 술에
취한 듯 흥분하게 만들었다.

Tomaso of Beffi and Rocco Fuici challenged each other to
hit with a stone the hanging head of the dead man, which
was still warm, and at every blow moved and shed blood.
베피의 토마소와 로코 푸이치는, 아직도 살아있고 돌로 때릴 때마
다 움직이며 피를 흘리는 죽은 자의 매달려 있는 머리를 돌로 맞추
자고, 서로에게 내기를 걸었다.

A stone, thrown by Rocco Fuici, at last, hit it in the centre,
causing a hollow sound.
로코 푸이치가 던진 돌이 드디어 머리 중앙 부분을 맞추자 "텅"하는
소리가 났다.

The spectators applauded, but they had had enough of
Mazzagrogna.
관중들은 손벽을 쳤지만, 마짜그로냐로는 성이 차지 않았다.

Again a cry arose, "Cassaura!
다시 함성 소리가 커졌다, "카사우라!

Cassaura!

카사우라!

To death!
죽여라!

To death!"
죽여라!"

Fabrizio and Ferdinandino Scioli, pushing their way through the crowd, were instigating the most zealous ones.
파브리치오와 페르디난디노 시올리가 사람들 사이를 뚫고 들어가서 말썽꾼들을 선동하고 있었다.

A terrible shower of stones, like a dense hailstorm, mingled with gun-shots, beat against the windows of the palace, the window panes falling upon the assailing hoards and the stones rebounding.
빽빽한 우박처럼 수많은 돌들이 총성과 뒤섞여 궁전의 창문들을 향해 던져졌고, 창유리들은 공격하는 사람들 위에 떨어졌고 돌들은 튕겨 나갔다.

A few of the bystanders were hurt.
구경하는 사람 몇 명이 다쳤다.

When they were through with the stones and had used all their bullets, Ferdinandino Scioli cried out, "Down with the doors!"
돌이 다 떨어지고 총알을 다 써버리자, 페르디난디노 시올리가 소리쳤다, "문을 부숴라!"

And the cry, repeated from mouth to mouth, shook every hope of salvation out of the Duke of Ofena.

그 외침이 사람들의 입에서 입으로 반복되어, 오페나 공작의 구조
에 대한 모든 희망을 흔들었다.

V

No one had dared to close the balcony, where
Mazzagrogna had fallen.
마짜그로냐가 떨어진 발코니를 감히 닫으려고 하는 사람은 아무도
없었다.

His corpse was lying in a contorted position.
그의 시체는 뒤틀린 자세로 누워 있었다.

Then the rebels, in order to be freer, had left the pole,
holding the bleeding body of the messenger, leaning
against the balcony.
이후 폭도들은, 장대를 들고 있는 것이 거추장스러웠는지, 피 흘리
고 있는 전령의 시체를 매단 장대를 발코니에 기대어 세워 놓았다.

Some of his limbs had been cut off with a hatchet, and
the body could be seen through the curtains as they were
inflated by the wind.
그의 팔다리의 일부는 도끼로 잘려 나갔고, 몸통은 바람에 부풀어
오른 커튼 너머로 볼 수 있었다.

The evening was still.
고요한 저녁이었다.

The stars scintillated endlessly.
별들은 끝없이 빈쩍였다.

A few stubble fields were burning in the distance.
저 멀리 그루터기 밭 몇 군데가 불타고 있었다.

Upon hearing the blows against the door the Duke of Ofena wished to try another experiment.
문을 부수려는 소리를 듣자, 오페나 공작은 다른 시도를 감행했다.

Don Filippo, stupefied with terror, kept his eyes closed and was speechless.
공포에 휩싸인 돈 필리포는 눈을 감은 채로 말이 없어졌다.

Carletto Grua, his head bandaged, doubled up in the corner, his teeth chattering with fever and fear, watched with his eyes sticking out of their orbits, every gesture, every motion of his master.
머리에 붕대를 감은 칼레토 그루아는, 모퉁이에 꼬꾸라져, 열이 나고 두려워서 이를 덜덜 떨고, 눈은 계속 이리저리 두리번거리며, 주인의 몸짓 하나하나, 움직임 하나하나를 지켜보고 있었다.

The servants had found refuge in the garrets.
하인들은 대부분 다락방에 숨었지만,

A few of them still remained in the adjoining rooms.
몇 명은 아직 옆방에 남아 있었다.

Don Luigi gathered them together, reanimated their courage and rearmed them with pistols and guns, and then assigned to each one his place under the parapets of the windows, and between the shutters of the balcony.
돈 루이지는 그들을 모아서 그들에게 용기를 북돋우며 권총과 장총으로 재무장시킨 후, 창문 난간 아래와 발코니의 곁문들 사이에 각각 배치하였다.

Each one had to shoot upon the rebels with the greatest possible celerity, silently, without exposing himself.

각자 숨어서 조용하고 최대한 민첩하게 폭도들에게 사격을 하라는
지시였다.

"Forward!"
"발사!"

The firing began.
사격이 시작되었다.

Don Luigi was placing his hopes in a panic.
돈 루이지는 공황 상태에서도 희망을 놓지 않고 있었다.

He was untiringly discharging his long-range pistols with
most marvellous energy.
그는 지치지도 않고 혼신의 힘을 다해 장거리 권총을 계속 발사하
고 있었다.

As the multitude was dense, no shot went astray.
사람들이 밀집되어 있었기 때문에 총알이 빗나가지 않았다.

The cries arising after every discharge excited the servants
and increased their ardour.
총을 쏠 때마다 울려 퍼지는 울음소리는 하인들을 흥분시켰고 그들
은 점점 열과 성을 더하게 되었다.

Already disorder invaded the mutineers.
반란군들은 이미 무질서해졌다.

A great many were running away, leaving the wounded on
the ground.
많은 사람들이 부상당한 사람들을 그대로 내버려 두고 도망치고 있
었다.

Then a cry of victory arose from the group of the domestics.
그러자 하인들의 무리에서 승리의 함성이 터져 나왔다.

"Long live the Duke of Ofena!"
"오페나 공작 폐하 만세!"

These cowardly men were growing brave, as they beheld the backs of their enemy.
이 비겁한 사람들은 적이 등을 보이자 점점 용감해졌다.

They no longer remained hidden, no longer shot at haphazard, but, having risen to their feet, were aiming at the people.
그들은 더 이상 숨어 있지도 않고, 더 이상 마구잡이로 총을 쏘지도 않고, 일어나서 사람들을 겨냥하고 있었다.

And every time they saw a man fall, would cry, "Long live the Duke!"
그들은 사람이 쓰러지는 것을 볼 때마다, "공작 폐하 만세!"를 외치곤 하였다.

Within a short time the palace was freed from the siege.
곧, 궁전은 포위 공격에서 벗어났다.

All around the wounded ones lay, groaning.
사방에 부상당한 사람들이 땅에 누워 신음하고 있었다.

The residue of the sticks, which were still burning over the ground and crackling as they died out, cast upon the bodies uncertain flashes of light reflected in the pools of blood.
여전히 땅 위에서는 불이 붙어 있는 횃불들의 잔재들이 꺼져가면서 탁탁 소리를 내며, 피 웅덩이에 반사된 불확실한 빛의 섬광들을 시체들에게 던지고 있었다.

The wind had grown, striking the old oaks with a creeping sound.
거센 바람이 오래된 떡갈나무에 부딪혀서 소름끼치는 소리가 났고,

The barking of dogs, answering one another, resounded throughout the valley.
개들의 서로 맞짖는 소리는 계곡 전체에 울려 퍼졌다.

Intoxicated by their victory and broken down with fatigue, the domestics went downstairs to partake of some refreshments.
승리에 도취되고 피로에 지친 하인들은 아래층으로 내려가서 함께 간단하게 식사를 하였다.

They were all unhurt.
다친 사람은 없었다.

They drank freely and abundantly.
그들은 거리낌 없이 마음껏 마셨다.

Some of them announced the names of those they had struck, and described the way they had fallen.
그들 중 몇 명은 자신들이 쓰러뜨린 사람들의 이름을 말하기도 하고 그들이 어떻게 쓰러졌는지를 묘사하기도 하였다.

The cook was boasting of having killed the terrible Rocco Furci; and as they became excited by the wine the boasting increased.
요리사는 그 무시무시한 로코 푸르치를 죽인 것을 자랑스러워했다. 포도주를 마시자 그들의 자랑질은 더해만 갔다.

VI

Now, while the Duke of Ofena feeling safe, for at least that night, from any danger, was attending the whining Carletto, a glare of light from the south was reflected in the mirror, and new clamours arose through the gusts of the south wind beneath the palace.
이제, 적어도 그 날밤만은 어떤 위험으로부터도 안전하다고 느낀 오페나 공작이 훌쩍거리고 있는 칼레토를 돌보고 있는 동안, 남쪽에서 뭔가 눈부신 것이 거울에 반사되었고, 궁 아래에서는, 세찬 남풍이 불어오는 가운데, 새로운 소요가 발생하였다.

At the same time four or five servants appeared, who, while sleeping, intoxicated, in the rooms below, had been almost suffocated by the smoke.
네다섯 명의 하인이 동시에 모습을 드러냈다. 그들은 아래층 방에서 술에 취해 잠이 들었는데 연기로 거의 질식할 뻔했던 사람들이었다.

They had not yet recovered their senses, staggering, being unable to talk, as their tongues were thick with drink.
그들은 아직 정신을 못 차리고 비틀거리며 혀가 꼬여 말을 할 수가 없었다.

Others came running up, shouting:
다른 사람들이 달려와 소리쳤다.

"Fire!
"불이야!

Fire!"
불이야!"

They were trembling, leaning against one another like a herd of sheep.
그들은 양 떼처럼 서로 기대어 떨고 있었다.

Their native cowardice had again overtaken them.
원래 겁이 많던 그들은 다시 겁에 질렸다.

All their senses were dull as in a dream.
모든 것들이 그들에게는 그냥 꿈처럼 몽롱했고,

They did not know what they ought to do, nor did the consciousness of real danger urge them to use a ruse as a means of escape.
무엇을 해야 할지를 알지 못햇으며, 실제로 이렇게 위험스러운 순간을 겪으면서도 탈출 수단을 재빠르게 강구하지도 못했다.

Taken very much by surprise the Duke was at first perplexed.
공작은 너무 놀라 처음에는 당황했지만,

But Carletto Grua, noticing the smoke coming in, and hearing that singular roar which the flames make by feeding themselves, began to cry so loudly, and to make such maddened gestures, that Don Filippo awoke from the half drowsiness into which he had fallen, on beholding death.
칼레토 그루아가 연기가 들어오는 것을 인식하고, 불이 타오르며 내는 독특하고 요란한 소리를 들으며, 아주 큰 소리로 울고 미친 듯이 행동을 하지, 돈 필리포가 반수면 상대에서 죽음을 고앞에 두고 깨어났다.

Death was unavoidable.

죽음을 피할 수 없었다.

The fire, owing to the strong wind, was spreading with stupendous speed through the whole edifice, devouring everything in flames.
강풍 때문에 불은 건물 전체에 엄청난 속도로 퍼져, 모든 것들이 화염에 휩싸였다.

These flames ran up the walls, hugging the tapestries, hesitating an instant over the edge of the cloth, with clear and changeable yet vague tints penetrating through the weave, with a thousand thin, vibrating tongues, seeming to animate, in an instant, the mural figures, with a certain spirit, by lighting up for a second a smile never before seen upon the mouths of the nymphs and the Goddess, by changing in an instant their attitudes and their motionless gestures.
이 불꽃들은 벽을 타고 올라, 태피스트리를 감싸듯 하다가, 가장자리에서 잠시 주춤하더니, 투명하고 잘 변하는 모호한 색조로 직물을 관통하는 듯하면서, 천 개의 얇고 진동하는 혀로, 한순간에, 벽화 속 요정과 여신들의 자세와 움직이지 않는 몸짓을 바꿔, 한 번도 본 적 없는 미소를 잠시 띠게 하더니, 순식간에 벽화 속의 인물들이 어떤 정신을 가진 듯하게 생명을 불어넣었다.

Passing on, in their still increasing flight, they would wrap themselves around the wooden carvings, preserving to the last their shapes, as though to make them appear to be manufactured of fiery substance when they were suddenly consumed, turning to Cinders, as if by magic.
불은 좀 더 빠르게 계속 옮겨붙으며 나무 조각품들을 집어삼켰는데, 조각품의 모습은 마지막 순간까지도 남아 있었다. 마치 갑자기 불이 꺼지면, 마술을 부린 듯, 재로 바뀌는 불붙은 어떤 것으로 만들려고 하는 듯이 보였다.

The voices of the flames were forming a vast choir, a profound harmony, like the rustling of millions of weeds.
불꽃 소리는 거대한 합창소리를 연상시켰고, 수많은 잡초가 바스락 거리는 것처럼 중후한 화음을 넣는 듯하였다.

At intervals, through the roaring openings, appeared the pure sky with its galaxy of stars.
가끔 맹렬히 타오르는 불구덩이 속에서는 별들로 구성된 은하수가 있는 맑은 하늘이 나타나기도 했다.

Now the entire palace was a prey of the fire.
이제는 궁전 전체를 화마가 집어삼켰다.

"Save me!
"살려줘!

Save me!" cried the old man, attempting in vain to get up, already feeling the floor sinking beneath him, and almost blinded by the implacable reddish glare.
사람 살려!" 노인은 이미 방바닥이 아래로 가라앉는 것을 느끼고, 무자비하고 붉게 타오르는 빛때문에 거의 앞이 보이지도 않은 상태로 헛되이 일어서려고 애쓰면서 소리쳤다.

"Save me!
"살려줘!

Save me!"
살려줘!"

With a supreme effort he succeeded in rising and began to run, the trunk of his body leaning forward, moving with little hopping steps, as if pushed by an irresistible progressive impulse, waving his shapeless hands, until he fell overpowered-the victim of the fire-collapsing and curling up like an empty bladder.

엄청난 노력으로 그는 일어서서 뛰기 시작했다. 몸통을 앞으로 기울이고, 조금씩 깡충깡충 뛰면서, 볼품없는 손을 흔들며 마치 저항할 수 없이 앞으로 나아가야 한다는 충동에 밀리듯 움직이다가, 힘을 너무 써 넘어지게 되었다 - 화재의 제물이 되었던 것이다 - 그는 쓰러진 채로 빈 방광처럼 몸을 바싹 웅크렸다.

By this time the cries of the people increased and at intervals arose above the roar of the fire.

이때쯤 사람들이 외침 소리는 점점 더 커졌고 가끔은 불이 타오르는 소리보다 더 크게 들렸다.

The servants, crazed with terror and pain, jumped out of the windows, falling upon the ground dead, where if not entirely dead they were instantly killed.

공포와 고통 때문에 제정신이 아닌 하인들은 창문에서 뛰어내렸지만, 땅에 떨어져서 죽었다. 완전히 죽지 않았다면 바로 죽임을 당했다.

With every fall a greater clamour arose.

사람들이 떨어질 때마다 더 큰 소동이 일어났다.

"The Duke!

"공작!

The Duke!" the unsatisfied barbarians were crying as if they wanted to see the little tyrant jump out with his cowardly protege.

공작!" 만족하지 못한 야만인들은 그 작은 폭군이 자신의 비겁한 부하와 함께 뛰어내리는 것을 보고 싶어 하는 듯이 소리를 질렀다.

"Here he comes!
"저기 오네!

Here he comes!
온다!

Is it he?"
공작이지?"

"Down! down!
"뛰어내려라! 뛰어라!

We want you!"
뛰어!"

"Die, you dog!
"죽어라, 개 같은 놈아!

Die!
죽어라!

Die!
죽어라!

Die!"
죽어라!"

In the large doorway, in the presence of the people, Don Luigi appeared carrying on his shoulders the motionless body of Carletto Grua.
커다란 출입구에 사람들이 모여 있는 곳으로 돈 루이지가 꼼작도 하지 않는 칼레토 그루아의 몸을 어깨에 메고 나타났다.

His whole face was burned and almost unrecognisable.
그의 얼굴 전체가 불에 타서 거의 알아볼 수 없었다.

He no longer had any hair nor beard left.
머리카락도 수염도 남아 있지 않았다.

He was walking boldly through the fire, endeavouring to keep his courage in spite of that atrocious pain.
그는 끔찍한 고통에도 불구하고 용기를 잃지 않으려고 애쓰면서 불 속으로 대담하게 걸어 들어가고 있었다.

At first the crowd was dumb.
처음에 사람들은 아무 말도 하지 못했다.

Then again broke forth in shouts and gestures, waiting ferociously for this great victim to expire before them.
그러다가 갑자기 몸을 흔들고 소리를 지르며 이 위대한 재물이 자기들 앞에서 숨이 끊어지기를 악독하게 기다리고 있었다.

"Here, here, you dog!
"자, 그래, 그래, 개 같은 놈아!

We want to see you die!"
너가 뒈지는 게 보고 싶다구!"

Don Luigi heard through the flames these last insults.
돈 루이지는 화염 속에서 이 마지막 모욕들을 들었다.

He gathered together all of his will-power and stood for an instant in an attitude of indescribable scorn.
그는, 자신의 모든 의지력을 모아, 설명할 수 없는 경멸의 태도로 잠시 서 있었다.

Then turning abruptly he disappeared forever where the fire was raging fiercest.

그리고는 갑자기 몸을 돌려 불이 가장 거세게 타오르는 곳으로 영원히 사라졌다.

Tale Eleven
THE WAR OF THE BRIDGE
다리 전쟁

Fragments of the Pescarese Chronicle
페스카라 연대기의 단편들

Towards the middle of August - when in the fields the wheat was bleaching dry in the sun - Antonio Mengarino, an old peasant full of probity and wisdom, standing before the Board of the Council when they were discussing public matters, heard some of the councillors, citizens of the place, discoursing in low tones about the cholera, which was spreading through the province; and he listened with close attention to the proposals for preserving the health and for eliminating the fears of the people and he leaned forward curiously and incredulously as he listened.

8월 중순 - 들판에서 밀이 햇볕에 바짝 말라갈 때 - 성실하고 지혜로운 늙은 농부인 안토니오 멘가리노는, 평의회가 공적 문제를 논의할 때, 그 앞에서, 의원들 몇 명과 지역주민들이 마을 전체에 퍼지고 있는 콜레라에 대해 낮은 목소리로 이야기하는 것을 듣고 있었다. 또 건강을 유지하고 사람들의 두려움을 없애기 위한 제안들을 신경을 곤두세우면서 듣기도 했는데, 이상하게 못 믿겠다는 듯이 몸을 앞으로 숙이고 있었다.

With him in the Council were two other peasants, Giulio Citrullo of the Plain, and Achille di Russo of the Hills, to whom the old man would turn from time to time, winking and grimacing insinuatingly, to warn them of the deception which he believed was concealed in the words of the Councillors and the Mayor.
평의회에는, 멘가리노 말고도 평원 지역의 줄리오 시트룰로와 언덕 지역의 아킬레 디 루소라는 두 명의 농부가 참관하였는데, 멘가리노는 그들에게 가끔 눈을 깜박거리거나 넌지시 찡그린 표정을 지어서, 자신이 생각하기에, 의원들과 시장의 말에 숨겨진 속임수에 대해서 경고하였다.

At last, unable to restrain himself longer, he spoke out with the assurance of a man who knows and sees.
마침내, 그는 더 참지 못하고, 그 실태를 알고, 보아왔던 사람의 확신을 가지고 목소리를 높이며 말했다.

"Stop your idle talk!
"한가한 소리 그만 하세요!

What if there is a little cholera among us.
우리들 중에도 콜레라에 걸린 사람이 있다면 어쩌시겠어요.

Let us keep the secret to ourselves."
우리에게도 알고 계신 것 말씀 좀 해주세요"

At this unexpected outburst, the Councillors were taken by surprise, then burst into laughter.
이 예상지 못한 밀언에 의원들은 깜짝 놀라 웃음을 터뜨렸다.

"Go on, Mengarino!
"말도 안 되는 소리 하고 계시네요, 멘가리노!

What foolishness are you talking!" exclaimed Don Aiace, the Assessor, slapping the old man on the shoulder, while the rest, with much shaking of heads and beating of fists upon the table, talked of the pertinacious ignorance of the country people.

무슨 바보 같은 이야기를 하는 겁니까?"라고 사정인 돈 아이아체가 노인의 어깨를 찰싹 때리며 외쳤고, 나머지 사람들은 머리를 절레절레 흔들고 테이블을 주먹으로 치면서 시골 사람들의 한결같은 무지에 관해 이야기했다.

"Well, well, but do you think we are deceived by your talk?" asked Antonio Mengarino, with a quick gesture, hurt by the laughter which his words had created, and in the hearts of the three peasants their instinctive hostility toward and hatred of the upper classes were revived.

"글쎄요, 하지만 우리가 당신들의 말에 속고 있다고 생각하십니까?" 자신의 말로 사람들에게 비웃음을 받은 것에 상처받은 멘가리노가 재빠르게 몸짓도 섞어가면서 묻자, 세 명의 농부들의 마음속에서도 상류층에 대한 본능적인 적개심과 증오가 되살아났다.

Then they were excluded from the secrets of the Council?

그렇다면, 평의회의 비밀을 농부들이 알아서는 안 되는 건가?

Then they were still considered ignoramuses?

그래서 그들은 여전히 무지하다고 간주되어야 하나?

Oh, those were two galling thoughts!

분통이 터질 노릇이었다 !

"Do as you please.

"좋으실 대로 하세요.

We are going," said the old man bitterly, putting on his hat and the three peasants left the hall in silent dignity.
저희는 가겠습니다." 노인은 억울한 듯 모자를 쓰며 말했다. 세 명의 농부는 조용히 위엄을 갖추며 홀을 떠났다.

When they were outside the town, in the upland country filled with vineyards and cornfields, Giulio Citrullo stopped to light his pipe, and said decisively:
그들이 마을을 벗어나 포도밭과 옥수수밭이 가득한 고지에 이르렀을 때, 줄리오 시트룰로가 멈춰 서서 파이프에 불을 붙이고는 단호하게 말했다.

"We will not mind them!
"그들 신경 쓰지 맙시다!

We can be on our guard, and know that we shall have to take precautions.
우리 스스로 막읍시다. 그리고 예방 조치를 해야 한다는 것도 알고 있잖아요.

I would not like to be in their places!"
난 그 사람들의 입장에 동의할 수 없어요!"

Meanwhile, throughout the farming country, the fear of the disease had taken possession of all.
한편, 농촌 전역에서 콜레라에 대한 두려움이 모든 사람을 사로잡았다.

Over the fruit trees, the vineyards, the cisterns, and the wells, the farmers, suspicious and threatening, kept close and indefatigable watch.
농부들은 의심도 하고 위협도 하면서, 과수원, 포도원, 웅덩이, 우물을 지칠 줄 모르고 가까이에서 감시하고 있었다.

Through the night frequent shots broke the silence, and even the dogs barked till dawn.
밤새도록 총성이 자주 울려 조용할 때가 거의 없었으며 개들도 새벽까지 짖었다.

Imprecations against the Government burst forth with greater violence from day to day.
평의회에 대한 비난은 나날이 더 큰 폭력으로 분출되었다.

All the peaceful labours of the farm-hands were undertaken with a sort of carelessness; from the fields expressions of rebellion rose in songs and rhymes, improvised by the hands.
농부들의 평화로운 노동 속에는 언제나 무심코 하는 것들이 있기 마련이어서, 들판에서 즉흥적으로 만든 노래나 가사 속에는 반항의 표현들이 불쑥불쑥 튀어나오곤 했다.

Then, the old men recalled instances in the past which confirmed the suspicions about poisoning.
그러다가, 노인들은 과거 독살사건에 대한 의혹들을 사실로 밝혀냈던 경우들을 다시 기억해 냈다.

In the year '54, some vintagers had one day caught a man hidden in the top of a fig-tree, and when they forced him to descend, they noticed in his hand a vial, which he had attempted to conceal.
54년도 어느 날, 포도를 수확하던 사람들이 무화과나무 꼭대기에 숨어 있던 사람을 붙잡아서 강제로 끌어내렸더니, 손에 잡고 있던 유리병을 그가 숨기려 하는 것을 눈치챘다.

With dire threats they compelled him to swallow the yellowish ointment which it contained, whereupon shortly he fell writhing in agony with greenish foam issuing from his mouth and died within a few minutes.

그에게 무시무시하게 위협을 가해서, 그들이 유리병에 담겨있던 노란 연고를 삼키게 하자, 그는 곧 입가에 푸르스름한 거품을 내뿜으며 고통으로 몸을 뒤틀다가, 쓰러져서는 몇 분 안에 죽은 경우도 있었고,

In Spoltore, in the year '57, Zinicche, a blacksmith, killed the Chancellor, Don Antonio Rapino, in the square, after which the mysterious deaths ceased, and the country was saved.

57년, 스폴토레에서는, 대장장이 지니체가 광장에서 돈 안토니오 라피노 총독을 살해하자, 원인을 알 수 없는 사망자들이 사라지고 온 나라가 평온해지기도 했다는 것이다.

Then stories began to be circulated of recent mysterious happenings.

그러다가, 최근에 발생한 이상한 사건에 관한 이야기가 사람들 사이에 돌기 시작했다.

One woman said that seven cases of poison had come to the City Hall, sent by the Government to be distributed through the country by mixing it with the salt.

어떤 여자의 말에 따르면, 정부가 소금과 섞어서 마을 전체에 배포하라고 보내온 독극물 일곱 상자가 시청에 도착했는데,

The cases were green, fastened with iron bands and three locks.

상자는 녹색이었고 철로 만든 띠와 세 개의 자물쇠로 잠겨 있었으며,

The Mayor had been obliged to pay seven thousand ducats to bury the cases and save the country.

시장은 마을을 구하기 위해, 할 수 없이, 7000두캇을 내고 이 상자들을 땅에 묻었다는 이야기였다.

Another story went about that the Government paid the Mayor five ducats for every dead person because the population was too large, and it was the poor who must die.
또 다른 이야기는, 인구가 너무 많고, 죽어야 하는 사람은 가난한 사람들이기 때문에, 정부가 시장에게 사망자 한 명당 5두캇을 지불했다는 내용이었다.

The Mayor was now making out a list of those selected.
시장은 현재 죽어야 하는 사람들의 목록을 작성 중이라고 하였다.

Ha!
하!

He would get rich, this great signore!
시장은 부자 되겠네요, 참 위대한 시장이야!

And so the excitement grew.
그러자, 사람들의 동요는 커져만 갔다.

The peasants would not buy anything in the market of Pescara; the figs were left to rot on the trees; the grapes were left among the vine-leaves; even the nightly depredations in the orchards and vineyards did not occur, for the robbers feared to eat poisoned fruit.
농부들은 페스카라 시장에서 아무것도 사지 않으려고 했고, 무화과는 나무에서 썩어 버렸으며, 포도는 포도나무 잎사귀 사이에 남겨졌다. 과수원과 포도원에서 밤에 노략질하는 것도 없어졌다. 노략질하는 사람들도 독이 든 과일을 먹는 것은 두려웠기 때문이었다.

The salt, which was the only provision obtained from the city stores, was given to dogs and cats before being used, to make sure that it was harmless.

소금만이 시내 가게에서 구할 수 있는 유일한 것이었는데, 독이 있는지를 확인하기 위해 먹기 전에 개와 고양이에게 미리 주었다.

One day the news came that in Naples the people were dying in large numbers and hearing the name of Naples, of that great, far-distant kingdom where "Gianni Without Fear" made his fortune, the imaginations of the people were inflamed.

어느 날, 나폴리에서 많은 사람들이 죽어가고 있다는 소식이 들렸다. "두려움을 모르는 지안니"가 재산을 모은 그 위대한 머나먼 왕국, 나폴리라는 이름을 듣자 사람들의 상상은 불타올랐다.

The vintage time came, but the merchants of Lombardy bought the home grapes, and took them to the north to make artificial wines.

포도 수확기가 찾아왔지만, 롬바르디의 상인들은 자신들의 지역 포도를 사서 북쪽으로 가져가 가짜 포도주를 만들었다.

The luxury of new wine was scarce; the vintagers who trampled out the juice of the grapes in the vats to the songs of maidens, had little to do.

새 포도주를 만들 때 누리던 호사를 다시 찾기 힘들어졌다. 처녀들의 노래 소리에 맞춰 통에 담긴 포도를 밟아 즙을 내던 포도 농부들은 할 일이 거의 없어졌다.

But when the work of the vineyards was ended, and the fruit of the trees was gone, the fears and suspicions of the people grew less, for now there was little chance for the Government to scatter the poison.

그러나, 포도원의 일이 끝나고 나무의 열매가 떨어져 버리자, 사람들의 공포와 의심은 줄어들었다. 왜냐하면 그때는 정부가 독을 뿌릴 기회가 거의 없기 때문이었다.

Heavy, beneficent rains fell upon the country, drenching the soil and preparing it for the ploughing and the sowing, and together with the favour of the soft autumnal sun and the moon in its first quarter, had its beneficent influence upon seeds.

가을 태양은 부드럽고 달이 차오르기 시작할 때, 땅에 쟁기질하고 씨앗을 뿌릴 수 있게 반가운 비가 촉촉히 내려 땅을 흠뻑 적시며 씨앗에게 좋은 영향을 주고 있었다.

One morning through all the country the report was spread that at Villareale, near the oak groves of Don Settimio, over the shore of the river, three women had died after having eaten soup made from dough bought in the city.

그러던 어느 날 아침, 강기슭 너머 돈 세티미오의 떡갈나무 숲 근처에 있는 빌라레알레에서, 세 명의 여자가 시내에서 산 반죽으로 수프를 만들어 먹고 사망했다는 소식이 마을 전체에 퍼졌다.

The indignation of every person in the country was aroused, and with greater vehemence after the quiet of the transient security.

마을의 모든 사람이 분노했다. 한동안 별 탈이 없어서 잠잠했던지라, 분노는 더욱 끓어올랐다.

"Aha!
"아하!

That is well!
잘 됐네!

The 'great Signore' does not wish to renounce the ducats!...
'위대한 나리'는 돈을 포기 못하지!...

But they cannot harm us now, for there is no more fruit to eat, and we do not go to Pescara.
하지만 나리님들이 지금 할 수 있는 게 아무것도 없어, 과일이라도 남아 있어야지. 그리고 사람들이 페스카라에 가지 않고 있거든.

The 'great Signore' is playing his cards very badly.
'위대한 나리"는 지금 죽 쑤고 있어.

He wishes to see us die!
사람들이 죽는 꼴을 봐야지 좋아하잖아!

But he has mistaken the time, poor Signore!"
그런데, 타이밍이 안 좋아. 우리 불쌍한 나리!"

"Where can he put the poison?
"어디에 독을 넣을까?

In the dough?
반죽에?

In the salt?...
소금에?...

But we shall not eat any more dough, and we have our salt first tried by the dogs and cats.
그런데 우리는 더 이상 반죽을 안 먹을 거고, 소금은 개아 고양이에게 먼저 먹일 거란 말이야.

Ha, rascally Signore!

하, 참 악당 같은 나리!

What have you done?
도대체 무슨 짓을 한 건가요?

Your day will come, too...."
당신도 곧 죽을 날이 올 거외다..."

Thus, everywhere the grumbling rose, mixed with mocking and contumely against the men of the Commune and the Government.
사방에서, 평의회와 정부 인사들에 대하여 조롱과 경멸을 섞어 불평하는 소리들이 들려왔다.

In Pescara, one after another, three, four, five persons were taken with the disease.
페스카라에서는 연달아 세 명, 네 명, 다섯 명이 이 병에 걸렸다.

Evening was approaching, and over the houses hung a funereal dread, which seemed to be mingled with the dampness arising from the river.
저녁이 다가오고 있었고, 집들 위에 드리워진 장례에 대한 공포가 강으로부터 올라오는 습기와 뒤섞이는 것 같았다.

Through the streets the people ran frantically towards the City Hall, where the Mayor, the Councillors, and the gendarmes, overwhelmed with the miserable confusion, ran up and down the stairs, all talking loudly, giving contrary orders, not knowing what action to take, where to go, nor what to do.
사람들은 거리를 가로질러 시청을 향해 미친 듯이 달려갔다. 시장, 시의원들, 경찰관들은 가련하게도 너무 당혹스러워서, 모두들 소리를 지르며 계단을 오르락내리락하며, 상반되는 명령을 내렸고, 어떤 조치를 취해야 하는지, 어디로 가야 할지, 무엇을 해야 할지를 모르고 있었다.

The strange occurrence and the excitement which followed it, caused many of the people to grow slightly ill. Feeling a strange sensation in their stomachs, they would begin to tremble, and with chattering teeth would look into one another's faces; then, with rapid strides, would hasten to lock themselves in their homes, leaving their evening meals untouched.

이상한 사건들과 그에 뒤따른 흥분으로 인해 조금씩 아픈 사람들이 많아지게 되었다. 배가 이상하게 느껴지면 그들은 떨기 시작했고, 이빨이 맞부딪히면서 서로의 얼굴을 들여다보았다. 그러다가, 빠른 걸음으로 서둘러 집에 들어가 저녁 식사는 손도 안 대고 내버려 두었다.

Then, late in the night, when the first tumult of the panic had subsided, the police lighted fires of sulphur and tar at the corners of the streets.

이렇게 한바탕 소동이 벌어지고 난 뒤 밤이 깊어지면, 경찰은 거리 모퉁이의 유황과 타르에 불을 붙였다.

The red flames lighted up the walls and the windows, and the unpleasant odour of manure pervaded the air of the frightened city, and in the light of the distant moon, it looked as though the tar men were merrily smearing the keels of vessels.

붉은 불꽃이 벽과 창문을 비추고, 거름의 불쾌한 냄새가 공포에 떨고 있는 도시의 공기에 스며들었으며, 먼 달빛 아래에서는 타르공들이 즐겁게 배의 용골에 타르를 비르고 있는 듯하였다.

Thus did the Asiatic Plague make an entrance into Pescara.

그러다가 아시아 역병이 페스카라에 들어오게 되었다.

The disease, creeping along the river, spread through the little seashore hamlets,-through those groups of small, low houses where the sailors live, and where old men are engaged in small industries.
강을 따라 슬금슬금 퍼지는 이 병은 강변의 작은 마을들에도 퍼졌다 - 작은 무리들에도, 선원들이 사는 지붕 낮은 집에도, 노인들의 보잘 것 없는 일자리에도 퍼졌다.

Most of those seized with the disease died, because no amount of reasoning and assurance, or experiments, could persuade them to take the medicine.
병에 걸린 대부분의 사람들은 사망했다, 아무리 이치를 따지고 그 어떤 확신을 주고 아무리 실험을 해도 사람들이 약을 먹도록 설득할 수 없었기 때문이었다.

Anisafine, the hunchback who sold water mixed with spirit of anise to the soldiers, when he saw the glass of the physician, closed his lips tightly and shook his head in refusal of the potion.
병사들에게 아니스의 정령을 섞은 물을 팔던 꼽추 아니사피네는 의사가 건네는 유리병을 보자 입술을 꼭 다물고는 고개를 가로저었다.

The doctor tried to coax him with persuasive words and first drank half the liquid, then the assistants each took a sip.
의사는 설득력 있는 말로 그를 달래면서 자신이 먼저 그 액체를 반쯤 마신 다음 그의 조수들도 각자 한 모금씩 마셨다.

Anisafine continued to shake his head.
아니사피네는 계속해서 고개를 저었다.

"But don't you see," exclaimed the doctor, "we have been drinking?
"보시지 않으셨어요," 의사가 외쳤다, "우리도 마시잖아요?

But you...."
그런데 왜 그러세요..."

Anisafine began to laugh sceptically, "Ha! ha! ha!
아니사피네가 믿지 못하겠다는 듯이 웃기 시작했다, "하! 하! 하!

You took the counter-poison," he said, and soon after he was dead.
해독제를 드셨잖아요," 그가 말했다. 그러더니 그는 곧 죽었다.

Cianchine, simple-minded butcher, did the same thing.
정육점 주인인 단순한 시안키네도 똑같이 행동했다.

The doctor, as a last resort, poured the medicine between the man's teeth.
의사는 최후의 수단으로 그의 입을 벌리고 약을 부어 넣었다.

Cianchine spit it out wrathfully, overwhelmed with horror.
시안키네는 공포에 휩싸인 채 격노하면서 그것을 토해냈다.

Then he began to abuse those present, and died raging, held by two amazed gendarmes.
그러다가 그는 옆에 있는 사람들에게 욕을 하기 시작하더니, 이에 놀란 두 명의 경찰에게 잡혀 미친 듯이 화를 내다가 죽었다.

The public kitchens, instituted by charitably-disposed people, were at first thought by the peasants to be laboratories for the mixing of poisons.

처음에, 농부들은 자선을 베푸는 사람들이 설립한 공공 주방을 독극물을 혼합하기 위한 실험실로 생각하였다.

The beggars would starve rather than eat meat cooked in those boilers.
거지들은 그 보일러에서 조리된 고기를 먹으려고 하기보다는 굶어죽으려고 하였다.

Costantino di Corropoli, the cynic, went about scattering his doubts through his circle.
냉소적인 콘스탄티노 디 코로폴리는 자주 만나는 사람들에게 자신이 의심스럽게 생각하는 것들을 퍼뜨렸다.

He would wander around the kitchens, saying aloud with an indescribable gesture, "You can't entrap me!"
부엌을 돌아다니며 그는 뭐라 말할 수 없는 몸짓을 하며 소리를 질렀다, "날 속일 수 없어!"

The woman Catalana di Gissi was the first to conquer her fears.
카탈라나 디 기씨는 처음으로 두려움을 극복했던 여자였다.

Hesitating a little, she entered and ate a small mouthful, waiting to notice the effect of the food and then took a few sips of wine, whereupon, feeling restored and fortified, she smiled with astonishment and pleasure.
그녀는 조금 머뭇거리더니 식당으로 들어가서, 음식을 한 입 먹고 나서 음식이 어떤 효과를 내는지 기다렸다가, 와인을 몇 모금 마셨더니 기력이 회복되고 힘이 나는 듯한 느낌이 들어서 놀라며, 즐거운 모습으로 미소를 지었다.

All the beggars were waiting for her to come out and when they saw her unharmed, they rushed in to eat and

drink.
모든 거지들은 그녀가 나오기를 기다리고 있었다. 그녀가 괜찮은
것을 보자 자기들도 먹고 마시려고 몰려 들어갔다.

The kitchens are inside an old open theatre in the
neighbourhood of Portanova.
주방은 포르타노바 근처 낡은 개방형 극장 안에 있었다.

The kettles in which the food is prepared are placed
where the orchestra used to sit.
음식이 들어 있는 주전자들은 오케스트라가 앉았던 자리에 놓였다.

The steam from them rises and fills the old stage; through
the smoke you see the scenery behind on the stage,
representing a feudal castle in the light of the full moon.
주전자에서 나오는 증기가 위로 올라가 낡은 무대를 꽉 채웠다. 무
대 뒤로는 연기 속에서 보름달이 비치는 봉건 시대의 성을 그린 배
경이 보였다.

Here at noon-time gathers around a rustic table the tribe
of the beggars.
정오의 이곳은 거지 떼들이 투박한 테이블 주위로 몰린다.

Before the hour strikes, there is a swarming of multi-
coloured rags in the pit, and there arises the grumbling of
hoarse voices.
정오가 되기 전부터, 오케스트라석에는 여러 가지 색깔의 누더기를
걸친 거지들이 모여들었고 쉰 목소리로 투덜대는 소리가 들렸다.

Some new figures appear among the well-known ones;
noteworthy among whom is a certain woman called
Liberata Lotta di Montenerodomo, stupendous as the
mythological Minerva, with a regular and austere brow

and with her hair strained tightly over her head and adhering to it like a helmet.

이름을 알고 있던 거지들 이외에 새로운 사람들이 등장했다. 신화 속에 등장하는 미네르바처럼 거대한 몸집에, 고르고 단정한 눈썹을 하고 있으며, 머리 위로 머리카락들을 꽉 묶어 헬멧처럼 고정한 리베라타 로타 디 몬테네로도모라고 하는 여자가 눈에 띄었다.

She holds in her hands a grass-green vase, and stands aside, taciturn, waiting to be asked to partake.

그녀는 연두색 꽃병을 들고 말없이 한쪽으로 비켜서서, 같이 먹자는 소리를 기다리고 있었다.

However, the great epic account of this chronicle of the cholera is the War of the Bridge.

그러나 콜레라에 대한 여러 많은 이야기 중에 가장 대단했던 것은 다리 전쟁일 것이다.

An old feud exists between Pescara and Castellammare Adriatico, which districts lie on either side of the river.

강 양안에 위치한 페스카라와 카스텔라마레 아드리아티코사이에는 오래된 불화가 존재하였다.

The opposing factions were assiduously engaged in pillage and reprisals, the one doing all that lay in its power to hinder the prosperity of the other, and as the important factor in the prosperity of a country is its commerce, and as Pescara possessed many industries and great wealth, the people of Castellammare had long sought with much astuteness and all manner of allurements to draw the merchants away from the rival town.

이들은 서로 약탈과 보복을 일삼았고, 한 쪽은 다른 쪽의 번영을 방해하기 위해 모든 힘을 다했다. 마을 번영의 중요한 요소는 상업이었으며, 페스카라는 많은 산업 시설들과 막대한 부를 소유하고 있

었는데, 카스텔라마레 사람들은 오랫동안 상인들을 자신들의 경쟁
마을에서 멀어지게 하기 위해 약삭빠르게 온갖 방식으로 유혹을 해
왔던 터였다.

An old wooden bridge, built on big tarred boats chained
together and fastened to the piers, spans the river.
타르가 칠해지고 함께 묶여 부두에 고정된 커다란 배들 위에 세워
진 오래된 목조 다리가 강을 가로지르고 있었다.

The cables and the ropes, which stretch from almost the
height of the piers to the low parapets, cross each other
in the air, looking like some barbaric instrument.
거의 교각 높이에서 낮은 난간까지 뻗어 있는 전선들과 로프들은
뭔가 야만적인 도구들처럼 공중에서 서로 교차하고 있었다.

The uneven boards creak under the weight of the wagons,
and when the ranks of the soldiers pass over, the whole
of the great structure shakes and vibrates from one end to
the other, resounding like a drum.
마차의 무게 때문에 기울어진 판자들이 삐걱거렸고, 군인들이 지나
가면 커다란 구조물 전체가 한쪽 끝에서 다른 쪽 끝까지 흔들리며
진동하고 그 소리는 북처럼 울려 퍼졌다.

It was from this bridge that the popular legends of Saint
Cetteo, the Liberator, originated, and the saint yearly
stops in the centre with great Catholic pomp to receive
the salutes which the sailors send him from the anchored
boats.
이 다리에서 사람들에게 잘 알려진 '해방자 성 세테오'의 전설이 유
래되었으며, 매년 추모의 일환으로 성자상이 다리 한중간에서 카돌
릭식으로 장엄하게 멈추면, 정박한 배에 있던 선원들이 경의를 표
했다.

Thus, between the panorama of Montecorno and the sea, the humble structure looms up like a monument of the country, and possessing the sacredness of all monuments, gives to strangers the impression of a people who live in primeval simplicity.

몬테코르노의 전경과 바다 사이의 그 초라한 건축물은, 모든 기념비가 그러하듯이, 신성한 기운을 간직한 마을의 기념비처럼 우두커니 서 있어서, 낯선 사람들에게 그곳 사람들은 태곳적 때부터 단순하게 사는 사람들이라는 인상을 주었다.

As the hatred between the Pescarese and the Castellammarese meets on this bridge, the boards of which are worn under the daily heavy traffic, and as the trade of the city spreads to the province of Teramo, with what joy would the opposing faction cut the cables and push out to sea to be wrecked the seven supporting boats.

페스카라 사람들과 카스텔라마레 사람들은 서로 증오하면서도 매일매일의 엄청난 교통량으로 다리의 판자들이 닳을 지경이었다. 장사가 테라모 지방까지 퍼지자, 서로 아무 거리낌 없이 상대방 배의 케이블을 끊고 배를 바다로 밀어 넣어서 일곱 척의 배를 침몰시켰다.

A good opportunity having presented itself, the leader of the enemy, with a great display of his rural forces, prevented the Pescarese from passing over the wide road which stretches out from the bridge far across the country, uniting numberless villages.

그러다가 좋은 핑곗거리가 생겨, 카스텔라마레의 수장이 자신의 군대를 과시하려고 페스카라 사람들을 다리에서부터 마을을 깊숙이 가로질러 여러 마을로 연결되는 큰길을 건너지 못하게 하였다.

It was his intention to blockade the rival city by a siege, in order to shut away from it all internal and external traffic in order to draw to the market of his own city the sailors and buyers who were accustomed to trade on the right shore of the river, and having thus stagnated the business of Pescara, and having cut off from the town all source of revenue, to rise up in triumph.

그의 의도는 경쟁 도시를 포위해서 봉쇄하려고 하는 것이었다. 강의 우안에서 거래하는 데 익숙한 선원들과 구매자들을 자기네 시장으로 끌어들일 목적으로, 페스카라와의 모든 내부 및 외부 교통을 차단해서, 강 건너 페스카라의 사업을 침체시키고 모든 수입원을 잘라버려서, 자신들이 경쟁에서 승리를 거두고자 하였다.

He offered to the owners of the Pescarese boats twenty francs for every hundred pounds of fish, on condition that all boats should land and load their cargoes on his shore, and with the stipulation that the price should last up to the day of the Nativity of Christ.

그는 페스카라 배를 소유한 사람들에게 생선 100파운드당 20프랑을 제안했는데, 모든 배는 카스텔라마레쪽 강기슭에서 화물을 실어야 하며 그 가격은 성탄절까지 지속되어야 한다는 조건이었다.

But as the price of fish usually rose shortly before the Nativity to fifteen ducats for every hundred pounds, the profit to himself was evident, and the cunning of his scheme was clearly revealed.

그러나 생선 가격이 보통 성탄절 직선에 100파운드당 15두캇으로 오르기 때문에 그 계약은 확실히 그에게 이익이 되는 것이었고, 그의 뻔한 속셈은 누구라도 알 수 있었다.

The owners refused such an offer, preferring to allow their nets to remain idle.

선주들은 차라리 물고기들을 덜 잡겠다며 제안을 거절했다.

Then the wily fellow spread the report of a great mortality

in Pescara.
그러자 이 교활한 친구는 페스카라에서 사람들이 많이 죽고 있다는 이야기를 퍼뜨렸다.

Professing friendship for the province of Teramo he succeeded in rousing both that province and Chieti against the peaceful city, from which the plague had really disappeared entirely.
그는 테라모 지역에 대한 우정을 공언하면서, 테라모 지역과 키에티 지역 두 곳 모두가 역병이 완전히 사라진 평화로운 지역에 맞서게끔 하는데 성공했다.

He waylaid and kept prisoners some honest passers-by who were exercising their legitimate right to pass along this road on their way to a more distant part of the country.
그는 이 길을 따라 더 먼 지역으로 가고자 합법적인 권리를 행사하려는 정직한 행인 몇 명을 불러 세워서는 감옥에 가두었다.

He stationed a group of loafers on the border line who kept watch from dawn to sunset, shouting out warnings to anyone who approached.
그는 부랑자 무리를 경계선에 배치해서 새벽부터 일몰까지 지키게 하고 접근하는 모든 사람에게 소리를 질러 경고하게 하였다.

All this caused violent rebellion on the part of the Pescarese against such unjust and arbitrary measures.
이런 모든 것들이 페스카라 사람들 쪽에서는 너무 부당하고 너무 자의적인 조치라고 여겨져 격렬히 저항하게 만들었다.

The great class of rough, ugly labourers were lounging about in idleness, and merchants sustained severe losses from the enforced dulness of trade.

거칠고 험악한 노동자들의 대다수가 할 일이 없어 어슬렁거리고 있었고, 상인들은 강제로 장사를 못하게 되어서 심각한 손실을 보았다.

The cholera had left the city and seemed to have disappeared also from the seashore towns, where only a few decrepit old men had died.
콜레라는 마을에서 사라졌고, 몇몇 노쇠한 노인들만이 사망한 해변 마을에서도 사라진 것처럼 보였다.

All the citizens, rugged and full of health and spirits, would have rejoiced to take up their customary labours.
그래서 강인하고 건강과 기운이 충만한 그곳 사람들은 모두 자신들이 늘 해오던 일들을 기쁜 마음으로 다시 시작하려고 하였다.

Then the tribunes rose to action:
그럴 즈음, 호민관들이 행동에 나섰다.

Francesco Pomarice, Antonio Sorrentino, Pietro D'Amico; and in the streets the people, divided into groups, listened to their words, applauding, proposing, and uttering cries.
프란체스코 포마리체, 안토니오 소렌티노, 피에트로 다미코가 그들이었다. 거리에서 사람들은 떼를 지어서 그들의 말을 듣고 손뼉을 치기도 하고 제안을 하기도 하고 소리도 질렀다.

A great tumult was brewing.
큰 소동이 일어나고 있었다.

As an illustration, some recounted the heart-rending tale of Moretto di Claudia, who had been taken by force, by men paid to do the deed, and being imprisoned in the Lazzaretto, was kept for five consecutive days without other food than bread, at the end of which time he succeeded in escaping from a window, swam across the river, and came to his people dripping with water, out of breath, and overcome with exultation and joy at his escape.

예를 들자면, 어떤 사람들은, 모레토 디 클라우디아가 강제연행을 하라고 돈을 받은 사람들에게 끌려가, 라자렛토에서 빵 외에 다른 음식 없이 연속 5일 동안 갇혀 있다가 닷새가 지날 때쯤 창문으로 탈출해서 강을 가로질러 헤엄을 쳐서 물이 뚝뚝 떨어지고 숨을 헐떡이며 사람들에게 돌아와서야 탈출의 환희와 기쁨을 느끼게 되었다는 가슴 아픈 이야기를 전했다.

The Mayor, seeing the storm gathering, endeavoured to arbitrate with the Great Enemy of Castellammare.

폭풍우가 몰려오는 것을 본 시장은 카스텔라마레측 우두머리와 중재를 시도했다.

The Mayor is a little fellow, a knighted Doctor of Law, carefully dressed, curly haired, his shoulders covered with dandruff, his small roving eyes accustomed to pleasant simulation.

시장은 몸집이 작고, 기사 작위를 받은 법학박사였으며, 조심스럽게 옷을 입고, 곱슬머리를 하고, 어깨에는 비듬이 가득했는데, 늘 좋은 결과를 머릿속에 떠올리면서 그의 작은 눈은 두리번대고 있었다.

The Great Enemy is a degenerate, a nephew of the good Gargantuasso, a big fellow, puffing, exploding, devouring.

그의 상대는 타락하고, 선량한 가르간투아소의 조카이며, 덩치가 크고, 숨을 헐떡거리며, 다혈질에, 뭐든지 먹어 치우는 사람이었다.

The meeting of the two took place on neutral ground, with the Prefects of Teramo and of Chieti as witnesses.

두 사람의 만남은 테라모의 지사와 키에티의 지사를 증인으로 하여 중립적인 장소에서 이루어졌다.

But towards sunset one of the guards went into Pescara to bring a message to one of the councillors of the Commune; he went in with another of the loafers to drink, after which he strolled about the streets.
그러나, 해가 질 무렵 경비병 중 한 명이 코뮌의 평의원 중 한 명에게 말을 전하기 위해 페스카라로 왔다. 그는 다른 부랑자와 술을 마시러 술집으로 들어갔다가 이후 거리를 어슬렁 거리고 있었다.

When the tribunes saw him, they immediately gave chase.
호민관들이 그를 보자마자 바로 추격했다.

With cries and shouts, he was driven towards the banks of the river as far as Lazzaretto.
사람들은 비명과 함성을 지르며 멀리 라자렛토가 있는 강둑 쪽으로 그를 쫓아갔다.

The water glared in the light of the setting sun, and the belligerent reddening of the air intoxicated the people.
강물은 석양빛에 눈부시게 빛났고, 호전적으로 붉게 물든 하늘은 사람들을 취하게 했다.

Then from the willow trees on the opposite shore a crowd of Castellammarese poured out, with vehement gestures and angry protests against the outrage.
강 맞은편 버드나무 아래 있던 카스텔라마레 사람들의 무리가 이런 잔학 행위에 대해 격렬한 몸짓과 분노의 항의를 쏟아냈다.

With a fury equalling their own, the Pescarese answered their gibes.
페스카라 사람들도 그들만큼 화를 내면서 그들이 내뱉는 모욕적인 말들에 대꾸했다.

The guard, who had been imprisoned, was pounding the door of his prison with fists and feet, crying out:
갇힌 경비병은 주먹과 발로 감옥 문을 치며 외쳤다.

"Open to me!
"열어라!

Open to me!"
열라고!"

"You go to sleep in there and don't worry!" the men called to him scornfully, while someone cruelly added:
"걱정하지 말고 거기서 푹 주무슈!" 남자들은 그에게 경멸하듯 대답했고, 누군가는 잔인하게 덧붙였다.

"Ah, if you knew how many have been killed down there!
"거기서 얼마나 많은 사람이 죽었는지 아시는가 모르겠네!

Don't you smell the blood?
피 냄새 안 나요?

Doesn't it make you sick?"
역겹지 않나요?"

"Hurrah!
"이랴!

Hurrah!"
이랴!"

Towards Bandiera the gleam of gun-barrels could be seen.
깃발쪽으로 총열이 번쩍이는 것을 볼 수 있었다.

The little Mayor, at the head of a band of soldiers, was coming to liberate the guard that the wrath of the Great Enemy might not be incurred.

그 작은 몸집의 시장이 군인들을 이끌고 카스텔라마레 우두머리가 분노하지 않도록 경비병을 풀어 주기 위해서 오고 있었다.

Suddenly the irritated rabble broke out in an angry uproar.

짜증을 내던 사람들은 갑자기 분노하며 큰소리로 외치기 시작했다.

Loud cries rose against the cowardly liberator of the Castellammarese.

카스텔라마레 사람을 비겁하게 풀어주려고 하는 자에 대해서 사람들은 크게 야유를 보냈다.

From Lazzaretto to the city sounded the clamour of hisses and contumely.

라자렛토에서 시내까지 야유와 욕설이 울려 퍼졌다.

To the delight of the people the shouting lasted until their voices grew hoarse.

사람들은 신이 나서 목소리가 쉴 때까지 계속 외쳐 댔다.

After the first outburst the revolt began to turn in other directions.

첫 번째 봉기 이후, 사람들의 저항은 다른 방향으로 바뀌기 시작했다.

The shops were all closed, the citizens gathered in the street, rich and poor mingling together familiarly, all possessed of the same wild desire to speak, to shout, to gesticulate, to express in a thousand different ways the feelings which burned within them.

가게들은 모두 문을 닫았고, 부자든 가난한 사람들이든 친하게 뒤
섞여, 거리에 모인 사람들은 말하고 싶어 하고, 소리 지르고 싶어
하고, 몸짓도 하며, 자신들의 내면에서 타오르는 감정을 여러 가지
다른 방식으로 표현하고자 하는 모두 같은 거친 욕망들을 지니고
있었다.

Every few minutes another tribune would arrive with fresh
news.
몇 분마다 또 다른 호민관이 새로운 소식을 가지고 도착하였다.

Groups dissolved to form new groups, varying according
to differences of opinion.
견해 차이에 따라 무리가 해체되었다가 새로운 무리들이 만들어지
기도 하였다.

The free spirit of the day affected everyone; every breath
of air seemed to intoxicate like a draught of wine, the
hilarity of the Pescarese revived, and they continued their
rebellion ironically for pure enjoyment, for spite, and for
the love of novelty.
그날의 자유로운 분위기는 모든 사람에게 영향을 미쳤다. 공기만
마셔도 포도주를 한 잔 마신 것처럼 취하는 듯했고, 페스카라 사람
들의 유쾌함이 되살아났으며, 말이 안 되게도 순수한 즐거움, 앙심,
색다른 것을 좋아해서 저항을 계속하였다.

The stratagems of the Great Enemy were increased.
카스텔라마레측 농간은 한층 더해 갔다.

Any agreement was broken to further the skilful schemes
which were suggested, and the weakness of the little
Mayor favoured this method of procedure.
교묘하게 제안되었던 계획들을 더 진행하기 위한 모든 합의가 깨졌
다. 늘 좋은 결과를 머릿속에 떠올리곤 했던 작은 몸집의 시장은 오

히려 이런 상황을 더 좋아했다.

On the morning of All Souls' Day at about seven o'clock, when the first ceremonies were being performed in the churches, the tribunes started to make a tour of the city, followed by a crowd which grew larger at every step, and became more and more clamorous.
만성절 아침 7시경, 교회에서 첫 의식이 거행되고 있을 때, 호민관들이 도시를 순회하기 시작했고, 발걸음을 옮길 때마다 더 많은 사람들이 뒤를 따르며 점점 요란해졌다.

When all the people had gathered, Antonio Sorrentino addressed them in a stirring harangue.
모든 사람들이 모였을 때, 안토니오 소렌티노는 사람들에게 마음을 움직이는 열변을 토해냈다.

Then the procession proceeded in an orderly way towards the City Hall.
이어, 사람들은 행렬을 지어 시청 쪽으로 질서정연하게 나아갔다.

The streets in the shadows were still bluish from smoke; the houses were bathed in sunlight.
그늘이 진 거리는 연기 때문에 여전히 푸르스름했다. 해가 집들을 내리쬐고 있었다.

At the sight of the City Hall an immense cry broke out.
시청이 보이자, 엄청난 함성이 터져 나왔다.

From every mouth vituperations were hurled; every fist rose threateningly.
모든 사람들의 입에서는 욕설이 쏟아지고, 모든 사람들은 주먹을 위협적으로 들어 올렸다.

The shouts vibrated at intervals as though produced by an instrument, and above the confused mass of heads the vermilion flags waved as if agitated by a heavy popular breath.

사람들이 외치는 소리들은 악기 소리처럼 간격을 두고 진동했고, 마치 한 덩어리처럼 보이는 혼란스러워하는 사람들의 머리 위로는 주홍색 깃발이 사람들이 내뱉는 무거운 숨결로 동요하는 듯이 흔들리고 있었다.

No one appeared upon the balcony of the City Hall.

아무도 시청 발코니에 나타나지 않았다.

The sun was gradually descending from the roof to the meridian sand, black with figures and lines, upon which vibrated the indicating shadow.

태양은 서서히 지붕에서 숫자와 선이 검은색인 해시계까지 내려오고 있었고, 시간을 나타내는 그림자는 흔들리고 있었다.

From the Torretta of the D'Annunzio to the bell-tower of the Abbey, flocks of doves were flying against the azure sky.

단눈치오 집안의 꼭대기 작은 탑에서부터 수도원의 종탑까지 비둘기 떼가 푸른 하늘을 날고 있었다.

The shouts increased.

함성 소리가 커졌다.

A number of the more zealous ones took by assault the stairs of the building.

좀 더 기백이 있는 사람들은 건물의 계단을 점거하였다.

The little Mayor, pallid and timid, yielded to the wish of the people.

그 작은 몸집의 시장은 겁먹은 창백한 얼굴로 사람들이 원하는 바를 들어 주었다.

He left his seat in the City Hall, resigned his office, and passed down the street between two gendarmes, followed by the whole Board of Councillors.
그는 시장직을 버리고 모든 관직을 사임하고는, 두 명의 경찰관들의 호위를 받으며 거리로 내려갔고 그 뒤를 평의원들 전체가 따랐다.

He then left the city and withdrew to the hall of Spoltore.
그 후, 그는 그 도시를 떠나 스폴토레의 집으로 물러갔다.

The doors of the City Hall were closed and for a time Anarchy ruled the city.
시청의 문은 닫혔고 한동안 무정부 상태가 도시를 지배했다.

In order to prevent an open battle, which seemed imminent, between the Castellammarese and the Pescarese, the soldiers stationed themselves at the extreme left end of the bridge.
카스텔라마레 사람들과 페스카라 사람들 사이에 임박한 것으로 보이는 공공연한 전투를 막기 위해 군인들이 다리의 가장 왼쪽 끝에 주둔했다.

Having torn down the flags, the crowd set out for the road to Chieti, where the Prefect, who had been summoned by a Royal Commissary, was expected.
사람들은 깃발들을 찢어 버리고, 왕실 판무관이 소환한 지사가 오기로 되어 있는 기에티로 가는 길로 나섰다.

All their plans seemed to be ferocious.
끝까지 갈 것 같은 기세였다.

However, in the soft warmth of the sunlight, their ire was soon decreased.
그러나 따스한 햇볕의 부드러움에 그들의 분노는 금새 가라앉았다.

Through the wide street poured forth from the church the women of the place, dressed in various coloured gowns, and covered with jewelry consisting mostly of silver filigree and gold necklaces.
그곳 여자들은 다양한 색깔의 옷을 입고, 은 세공품들과 금목걸이와 같은 장신구들로 온몸을 휘감은 채 교회에서 대로변으로 쏟아져 나왔다.

The appearance of these happy and joyful faces quieted and soothed the turbulent spirits of the mob.
이 행복하고 즐거운 얼굴들의 모습은 이 패거리들의 사납게 날뛰는 정신을 가라앉혔고 진정시켰다.

Jests and laughter broke forth spontaneously, and the short period of waiting was almost gay.
농담과 웃음이 저절로 터져 나왔고, 다음 우스갯소리까지 잠시 그냥 있어도 즐거울 정도였다.

Towards noon the carriage of the Prefect came in sight.
정오쯤, 지사의 마차가 시야에 들어왔다.

The people formed themselves in a semicircle to stop its passage.
사람들은 마차가 통과하지 못하도록 반원을 만들었다.

Antonio Sorrentino again gave a harangue, not without a certain flowery eloquence.
안토니오 소렌티노는 이따금 말재주를 심하게 부리면서 또다시 열변을 토했다.

The crowd, in the pauses of the speech, asked in various ways for justice and relief from the abuses, and that no measure should be taken which would involve killing.
연설이 중단된 동안, 사람들은 다양한 방식으로 정의를 구현하고 폐해를 없앨 것을 요청했으며 그 어떤 조치로도 사람이 죽어서는 안된다고 말했다.

The two large skeletons of horses, still animated, however, shook their bells from time to time, showing the rebels their white gums as if in a grimace of derision.
그러나 뼈만 남은 말 두 마리는 아직도 힘이 넘쳐 때때로 머리에 달린 종을 흔들었으며, 폭도들에게 조롱이라도 하듯이 얼굴을 찡그리며 하얀 잇몸을 보여주었다.

A delegate of the police, looking like an old singer of some comic opera, who still wore around his face a druid beard, from the height of the back seat was emphasising the words of the tribune's speech with grave gestures of his hand.
얼굴에 아직도 가짜 수염을 붙인 희극 오페라의 늙은 가수처럼 보이는 경찰 대표가 높다란 뒷좌석에서 위엄있게 손짓을 해가며 호민관이 연설했던 말들을 강조하고 있었다.

As the speaker in his enthusiasm went on with impetuous eloquence, he became too audacious, and the Prefect, rising from his seat, took advantage of the moment to interrupt.
열의기 넘치는 연사의 충동적인 말이 너무 대담해지자, 지사가 자리에서 일어나 기회를 엿보다 끼어들었다.

He ventured several irrelevant and timid remarks, which

were drowned by the cries of the people.
그는 연관도 없는 말을 소심하게 몇 마디 했지만, 사람들이 외치는
소리에 파묻혔다.

"To Pescara!
"페스카라로 가자!

To Pescara!"
가자!"

The carriage, pushed along by the press of the crowd,
entered the city and the City Hall being closed, it stopped
before the Delegation.
사람들이 마차를 밀어서 시내에 들어섰고, 시청이 폐쇄되었기 때문
에 대표단 앞에서 마차가 멈췄다.

Ten men, named by the people, together with the Prefect,
formed a temporary parliament.
사람들이 지명한 10명의 사람이 지사와 함께 임시 의회를 구성했
다.

The crowd filled the street and every now and then an
impatient murmur arose.
사람들이 거리를 가득 메웠고, 여기저기서 참을성 없는 사람들이
중얼거리기 시작했다.

The houses, heated by the sun, radiated a delightful
warmth, and an indescribable mildness emanated from
the sky and sea, from the floating vegetation alongside the
water-troughs, from the roses, from the windows, from
the white walls of the houses, from the very air of the
place itself.
태양에 달구어진 집들은 기분 좋은 따뜻함을 내뿜고 있었고, 하늘,

바다, 수조를 따라 떠 있는 식물, 장미, 창문, 집의 하얀색 벽, 그곳 자체의 공기로부터 말로 다 할 수 없는 부드러움이 발산되고 있었다.

This place is renowned as the home of the most beautiful women of Pescara, from generation to generation its fame for its beauties has been perpetuated.
이곳은 페스카라에서 가장 아름다운 여자들이 사는 곳으로 유명했으며, 대대로 미인들에 대한 명성이 계속 이어져 내려왔던 곳이었다.

The home of Don Ussorio is the abode of flourishing children and pretty girls; the house is all covered with little loggias, which are overflowing with carnations growing in rough vases ornamented with bas-reliefs.
돈 웃소리오의 집에서는 아이들과 예쁜 소녀들이 잘 자라고 있었으며, 작은 로지아들이 즐비했고, 얕은 돋을새김으로 장식된 투박한 꽃병에서 자라는 카네이션들이 넘쳐나는 곳이었다.

Gradually the impatient crowd grew quiet.
중얼거리던 사람들이 점차 조용해졌다.

From one end of the street to the other the speakers were subsiding.
거리의 한쪽 끝에서 다른 쪽 끝까지 말 많던 사람들이 줄어들고 있었다.

Domenico di Matteo, a sort of rustic Rodomonte, was making loud jests upon the asininity and avidity of the doctors who cause their patients to die in order to get a larger fee from the Commune.
시골에서 허풍이나 치던 도메니코 디 마테오는, 의사들이 터무니없이 욕심을 부려서 당국으로부터 더 큰 비용을 받아내기 위해 환자를 죽음에 이르게 한다고 큰소리로 농담을 지껄이고 있었다.

He was telling of some marvellous cures he had effected on himself.
그는 자신에게 효과가 있었던 몇 가지 놀라운 치료법에 관해 이야기하고 있었다.

Once he had a terrible pain on his chest, and was about to die.
한번은 가슴에 고통이 너무 심해서 곧 죽을 것 같더란다.

The physician had forbidden him to drink water, and he was burning with thirst.
의사는 그에게 물을 마시지 말라고 했지만, 그는 목이 말라 속이 타는 듯했었는데,

One night, when everyone was asleep he got up quietly, felt about for a water tank, and having found it, stuck his head in it and drank like a pack horse until the tank was empty.
어느 날 밤, 모두가 자고 있을 때, 조용히 일어나 물이 담긴 그릇을 더듬더듬 찾다가 이윽고 발견하고는 그릇에 머리를 박고 물이 없어질 때까지 짐 끄는 말처럼 마셨더니,

Next morning he had entirely recovered.
다음날 아침, 완전히 회복되었다고 했다.

Another time, he and a companion, having been ill for a long time with intermittent fever, and having taken large quantities of quinine without avail, decided to make an experiment.
또 한 번은, 그와 그의 친구가 오랫동안 간헐열을 앓고 있어서 많은 양의 키니네를 복용했지만, 소용이 없어서 실험하기로 결정했단다.

Across the river from them was a vineyard filled with grapes, hanging ripe and delicious in the sun.
강 건너편에는 햇볕에 잘 익고 맛있는 포도가 가득한 포도원이 있었는데,

Going to the shore, they undressed themselves, plunged into the water, and swam through the current to the other shore, and after having eaten as many grapes as they could, swam back again.
강변으로 가, 옷을 벗고 물에 뛰어들어 물살을 헤치고 반대편 강기슭으로 헤엄쳐 가서는, 포도를 마음껏 먹고 다시 헤엄쳐서 돌아왔더니,

The intermittent fever disappeared.
간헐열이 사라졌단다.

Another time he was ill with blood poisoning, and spent more than fifteen ducats for doctors and medicine in vain.
또 한 번, 그는 패혈증으로 의사를 만나고 약을 사기 위해 15두캇 이상을 허비했었는데,

As he watched his mother doing the washing, a happy thought struck him.
어머니가 빨래를 하는 것을 보고, 좋은 생각이 떠올라서,

One after another he swallowed five glasses of lime-water, and was cured.
한 잔씩, 한 잔씩, 다섯 잔의 석회수를 마시고는 병이 나았단다.

From the balconies, from the windows, from the loggias, a number of beautiful women leaned out, one after another.
발코니마다, 창문마다, 로지아마다, 많은 아름다운 여자들이 몸을

기울여 밖을 내다보고 있었다.

The men in the street raised their eyes towards these fair apparitions, walking along with heads bent backward.
거리의 남자들은 눈을 들어 그런 아름다운 모습을 바라보면서 고개를 뒤로 젖힌 채 걸어갔다.

As the dinner hour was passed, they felt a certain dizziness in their heads and their stomachs, and an awakening faintness.
저녁식사 시간이 이미 지났기 때문에, 그들의 머리와 배속에서는 찌릿찌릿한 게 느껴졌고, 잠에서 깰 때처럼 현기증이 느껴졌다.

Brief talks between street and windows took place, the young men making gestures and little speeches to the belles, the belles answering with motions of their hands or shakes of their heads, or sometimes by laughing aloud.
거리와 창문 사이에 짧게 말들이 오갔고, 젊은 남자들이 이쁜이들에게 몸짓을 섞어가며 말을 걸자, 이쁜이들은 손을 움직이거나 머리를 흔들며 대답하거나 이따금 큰 소리로 웃기도 했다.

Their fresh laughter poured out on the men below like strings of crystals, increasing their admiration.
그들의 싱그러운 웃음은 수정으로 된 목걸이처럼, 아래에 있는 남자들에게 쏟아져, 남자들은 여자들에게 더 반한 듯하였다.

The heat given out by the walls of the houses mingled with the heat of the bodies of the crowd.
집의 벽에서 나오는 열기가 사람들의 몸에서 나오는 열기와 뒤섞였다.

The whitish reflection dazzled the eyes; something enervating and stupefying seemed to descend upon the

restless mob.
희끄무레하게 빛나는 벽들이 눈을 현혹시켰다. 들썩이는 사람들에게 뭔가 무기력하거나 멍하게 하는 것이 내려오는 듯했다.

Suddenly upon the loggia appeared the woman Ciccarina, the belle of the belles, the rose of the roses, the adorable object whom all desired.
갑자기, 로지아에 미인 중에 미인, 장미 중의 장미, 모두가 바라던 경애의 대상인 시카리나가 나타났다.

With a common impulse, every look was turned towards her.
사람들의 시선은 모두 충동적으로 그녀에게로 향했다.

She acknowledged this homage with triumphant smiles, laughing, radiant, like a Venetian Dogess before her people.
그녀는 사람들의 이런 선망을 알고 있었으며, 사람들 앞에서 베네치아 총독처럼 의기양양하게 미소짓고, 소리 내 웃으며, 빛나고 있었다.

The sunlight fell on her full flushed face, reminding one of the pulp of a succulent fruit.
햇빛이 완전히 홍조가 된 그녀의 얼굴에 쏟아져, 즙이 많은 과육을 떠올리게 했다.

Her loose hair, so bright that it seemed to dart golden flames, encircled her forehead, temples and neck.
그녀의 느슨한 머리카락은 너무 밝아서 금빛 불꽃들을 던지는 듯했고, 그녀의 이마, 관자놀이, 목을 둘러싸고 있었다.

The fascination of a Venus emanated from her whole person.

그녀의 온몸에서 비너스의 매력이 발산되었다.

She simply stood there, between two cages of black birds, smiling in great unconcern, not at all troubled by the longing and admiration shown in the eyes of all the men watching her.
그녀는 자신을 바라보는 모든 남자의 눈에 담긴 갈망과 흠모에 조금도 신경 쓰지 않고 무관심으로 미소를 지으면서, 검은 새들이 있는 두 개의 새장 사이에 그냥 서 있었다.

The black birds, singing a sort of rustic madrigal, fluttered their wings towards her.
검은 새들은 시골풍의 반주 없는 합창곡을 지저귀면서 그녀를 향해 날개를 퍼덕였다.

Ciccarina, smiling, withdrew from the loggia.
시카리나는 미소를 지으며 로지아에서 사라졌다.

The crowd remained in the street, dazzled by the vision, and a little dizzy from hunger.
사람들은 그 광경에 눈이 부시는 듯했고, 배가 고파서 조금 현기증을 느끼며, 거리에 서 있었다.

Then one of the speakers, leaning out from the window of the Delegation, announced in a shrill voice:
대표단 중 한 명이 창밖으로 몸을 내밀면서 날카로운 목소리로 외쳤다.

"Citizens!
"시민 여러분!

The matter will be settled within three hours!"
문제는 3시간 내에 해결됩니다!"

Tale Twelve

THE VIRGIN ANNA
동정녀 안나

I

Luca Minella, born in the year 1789 at Ortona in one of the houses of Porta Caldara, was a seaman.

1789년, 오르토나 포르타 칼다라의 어느 집에서 태어난 루카 미네라는 선원이었다.

In early youth he sailed for some time on the brigantine Santa Liberata, from the bay of Ortona to the ports of Dalmatia, loaded with varieties of wood, fresh and dried fruit.

어린 시절 얼마 동안, 그는 오르토나 만에서 달마티아 항구까지, 목재, 생 과일이나 말린 과일 등 여러 가지를 싣고, 쌍돛대 범선인 산타 리베라타호를 탔다.

Later, because of a whim to change masters, he entered the service of Don Rocco Panzavacante, and upon a new skiff made many voyages for the purpose of trading in lemons, to the promontory of Roto, which is a large and agreeable elevation on the Italian coast, wholly covered with orchards of oranges and lemons.

이후, 변덕스럽게 선장을 바꿔, 그는 돈 로코 판자바칸테 아래로 들어가서, 새롭게 작은 배를 타고 레몬을 거래할 목적으로 로토 곶까지 여러 번 항해를 했었는데, 그곳은 사방이 온통 오렌지와 레몬 과수원으로 뒤덮인 이탈리아 해안가에 위치한 곳으로 넓으면서도 해발 높이 또한 적당한 곳이었다.

In his twenty-seventh year he kindled with love for Francesca Nobile, and after several months they were married.

27세인 그는 프란체스카 노빌레에 대한 사랑의 감정이 생겨, 몇 달 후에 그들은 결혼했다.

Luca, a man of short and very strong build, had a soft blond beard upon his flushed visage, and, like a woman, wore two circles of gold in his ears.

작은 키에 아주 탄탄한 체구의 루카는, 빨갛게 상기된 얼굴에 부드러운 금발 수염을 길렀으며 여자처럼 귀에 황금 귀고리를 하고 다녔다.

He loved wine and tobacco; professed an ardent devotion for the holy Apostle Saint Thomas; and, in that he was of a superstitious nature and given to trances, he recounted singular and marvellous adventures of those foreign countries and told stories of the Dalmatian people and the islands of the Adriatic as if they were tribes and countries in the proximity of the poles.

그는 포도주와 담배를 좋아했고, 거룩한 사도 성 토마스에 대한 열렬한 신심을 드러내고 다녔으며, 성격상 미신을 잘 믿고 황홀경에 빠지기도 해서 외국에서의 독특하고 놀라운 모험을 했던 것들을 말하고 다녔고, 달마티안 사람들과 아드리아해의 섬에 대한 이야기를 마치 극지에 있는 부족이나 나라인 것처럼 이야기했다.

Francesca, a woman whose youth was on the wane, had the florid complexion and soft features of the Ortonesian girl.

이미 젊음이 시들어 가고 있었던 프란체스카는, 오르토나 소녀들의 밝은 피부색과 부드러운 이목구비가 특징이었다.

She loved the church, the religious functions, the sacred pomp, the music of the organ; she lived in great simplicity; and, since she was somewhat stunted in intelligence, believed the most incredible things and praised her Lord in His every deed.

그녀는 교회, 종교적인 의식, 신성한 화려함, 오르간 음악을 사랑했다. 그녀는 매우 단순하게 살았다. 지능이 다소 떨어졌기 때문에 가장 믿지 못할 만한 것을 믿었고, 주님이 행하신 모든 행적으로 주님을 찬양했다.

Of this union Anna was born in the month of June of the year 1817.

안나는 이런 집안에서 1817년 6월에 태어났다.

Inasmuch as the confinement was severe, and they feared some misfortune, the sacrament of baptism was administered before the birth of the child.

출산이 힘들었고 불행이 닥칠까 두려워서, 아기가 태어나기도 전에 세례 성사가 거행되었다.

After much travail the birth took place.

많은 진통 후에, 아이가 태어났다.

The little creature drank nourishment from its mother and grew in health and happiness.

아기는 엄마의 젖을 빨면서 건강하고 행복하게 자랐다.

Toward evening Francesca went down to the seacoast, with the nursing baby in her arms, whenever she expected the skiff to return loaded from Roto, and Luca on coming ashore wore a shirt all scented with the southern fruits.
저녁이 되어, 프란체스카는 루카가 작은 배에 짐을 가득 싣고 로토로부터 돌아올 것이라고 생각되면 젖먹이를 안고 해안으로 내려갔으며, 해변으로 돌아오는 루카의 셔츠에서는 남쪽의 과일 향기가 가득했다.

When mounting together to their home above, they always stopped a moment at the church and knelt in prayer.
위쪽에 있는 집으로 함께 올라갈 때면, 그들은 항상 교회에서 잠시 멈춰 무릎을 꿇고 기도를 했다.

In the chapels the votive lamps were burning, and in the background, behind the seven bronzes, the statue of the Apostle sparkled like a treasure.
예배당에서는 봉헌등이 타오르고 있었고, 뒤로 일곱 개의 청동상을 통과하면 사도상이 보물처럼 빛나고 있었다.

Their prayers asked for celestial benediction to fall upon their daughter.
그들은 기도 속에서 그들의 딸에게 하늘의 축복이 내려지기를 간구했다.

On going out, when the mother bathed Anna's forehead in holy water, her infantile screams echoed the length of the naves.
예배당에서 나가면서, 프란체스카가 아기의 이마를 성수로 씻을 때, 아기가 악을 쓰며 우는 소리가 기다란 본당 회중석에 메아리쳤다.

The infancy of Anna passed smoothly, without any

noteworthy event.
안나의 어린 시절은 특별한 사건 없이 지나갔다.

In May of 1823 she was dressed as a cherub, with a crown
of roses and a white veil; and, in the midst of an angelical
company, confusedly followed a procession, holding in
her hand a thin taper.
1823년 5월, 그녀는 장미 왕관과 흰색 베일을 쓴 천사 복장을 하
고 있었다. 천사들 무리속에서 그녀는 손에 얇은 양초를 들고 뒤뚱
뒤뚱 행렬을 따라가고 있었다.

In the church her mother wished to lift her in her arms
and have her kiss her protecting Saint.
교회에서 그녀의 어머니는 그녀를 팔로 들어 올려, 자신의 수호 성
인에게 키스를 시키려고 하였다.

But, as other mothers lifting other cherubs pushed
through the crowd, the flame of one of the tapers caught
Anna's veil and suddenly a flame enveloped her tender
body.
그러나 다른 어머니들이 다른 천사들을 사람들 사이로 밀어 올리면
서, 양초 불꽃 하나가 안나의 베일에 붙었고, 갑자기 그녀의 부드러
운 몸에 불길이 덮쳤다.

A contagion of fear spread among the people and each
one strove to be the first to escape.
공포가 사람들 사이에 퍼지자, 모든 사람은 제일 먼저 빠져나가려
고 몸부림쳤다.

Francesca, for all that her hands were almost rendered
useless by terror, succeeded in tearing off the burning
garments, strained the nude and unconscious child to
her heart, threw herself down behind the fugitives, and

invoked her Lord with loud cries.
프란체스카는 두려움에 손을 거의 쓸 수가 없었지만, 아이의 불타
는 옷을 찢고는 의식을 잃은 알몸의 아이를 가슴에 꼭 안고, 그 자
리를 빠져나가는 사람들 뒤를 쫓아가며, 크게 울부짖는 소리로 주
님을 불렀다.

From the burns Anna was ill and in peril for a long time.
화상으로 안나는 오랫동안 중태에 빠져 있었다.

She lay upon her bed with thin, bloodless face and without
speech as if she had become mute, while her eyes, open
and fixed, held an expression of forgetful stupor rather
than of pain.
그녀는, 벙어리가 된 듯, 여위고 핏기없는 얼굴로 말없이 침대에 누
워 있었으며, 한 곳만을 바라보는 그녀의 눈망울은 고통보다는 충
격으로 인해 모든 걸 잊은 듯 보였다.

In the autumn she recovered and went to take her vow.
가을이 되자, 그녀는 회복되어 서원을 받았다.

When the weather was mild the family descended to the
boat for their evening meal.
날씨가 따뜻하면, 가족들은 저녁 식사를 하기 위해 배 쪽으로 내려
갔다.

Under the awning Francesca lit the fire and placed the
fish upon it; the hospitable odour of the food spread the
length of the harbour, blending with the perfume from
the foliage of the Villa Onofria.
차양 아래에서, 프란체스카는 불을 붙이고 물고기를 그 위에 올렸
다. 음식의 맛있는 냄새가 항구 전체에 퍼져, 빌라 오노프리아의 잎
사귀에서 나는 향기와 섞였다.

The sea lay so tranquilly that one scarcely heard between the rocks the rustling of the water, and the air was so limpid that one saw the steeple of San Vito emerge in the distance amid the surrounding houses.

바다는 바위 사이로 물이 찰랑대는 소리가 거의 들리지 않을 정도로 너무 조용했고 공기는 너무 깨끗해서 주변의 집들 사이로 멀리 산 비토의 첨탑이 보였다.

Luca and the other men fell to singing, while Anna tried to help her mother.

루카와 다른 남자들은 노래를 부르기 시작했고, 안나는 어머니를 돕고 있었다.

After the meal, as the moon mounted in the sky, the sailors prepared the skiff for weighing anchor.

식사가 끝난 후, 달이 하늘에 떠 있었기 때문에, 선원들은 보트에 닻을 달고자 했다.

Meanwhile Luca, under the stimulation of the wine and food, seized with his habitual avidity for miraculous stories, commenced to tell of distant shores.

한편, 루카는, 술도 음식도 잘 먹은 지라, 늘 그렇듯이 기적적인 이야기를 해주겠다며, 멀리 떨어져 있는 해안에 대한 이야기를 하기 시작했다.

"There was, further up than Roto, a mountain all inhabited by monkeys and men from India; it was very high, with plants that produced precious stones."

로토보다 한참 위쪽에는, 원숭이와 인도 사람들만 사는 산이 있다는 것이다. 그곳은 보석을 만들어 내는 식물도 있으며 아주 높은 곳이라고 했다.

His wife and daughter listened in silent astonishment.

그의 아내와 딸은 조용히 놀라며 그의 말을 듣고 있었다.

Then, the sails unfolded along the masts, sails all covered with black figures and Catholic symbols, like the ancient flags of a country.
이후, 돛이 돛대를 따라 펼쳐졌고, 돛은 어떤 나라의 고대 깃발처럼 온통 검은색으로 채색된 인물들의 모습과 가톨릭 상징으로 가득 채워져 있었다.

Thus Luca departed.
그렇게 루카는 떠났다.

In February of 1826 Francesca gave birth to a dead child.
1826년 2월 프란체스카는 죽은 아이를 낳았다.

In the spring of 1830 Luca wished to take Anna to the promontory.
1830년 봄, 루카는 안나를 곶으로 데려가고 싶어 했다.

Anna was then on the threshold of girlhood.
안나는 이제 막 소녀가 되려는 참이었다.

The voyage was a happy one.
여행은 행복했다.

On the high seas they encountered a merchant vessel, a large ship borne along by means of its enormous white sails.
공해로 나가자, 그들은 상선을 보게 되었는데, 거대한 흰색 돛으로 움직이는 큰 배였다.

The dolphins swam in the foam; the water moved gently around, scintillating, and seeming to carry upon its

surface a covering of peacock feathers.
돌고래는 거품 속에서 헤엄치고 있었다. 물은 부드럽게 움직이고, 반짝였으며, 표면은 공작의 깃털을 덮은 것처럼 보였다.

Anna gazed from the ship into the distance with eyes never satiated.
안나는, 질리지도 않는지, 배에서 멀리 떨어진 곳을 응시하고 있었다.

Then a kind of blue cloud rose from the line of horizon; it was the fruit covered mountain.
이윽고, 수평선에서부터 푸른 구름 같은 것이 피어올랐다. 과일이 지천인 산이었다.

The coast of Puglia came into view little by little under the sunlight.
풀리아 해안이 햇살 아래 조금씩 보이기 시작했다.

The perfume of the lemons permeated the morning air.
레몬의 향기가 아침 공기에 스며들었다.

When Anna descended to the shore, she was overcome by a sense of gladness as she examined curiously the plantations and the men native to the place.
안나는 해안에 도착해서 농장과 그 지역 원주민들을 호기심 어린 눈으로 자세히 살펴보며 즐거워 했다.

Her father took her to the house of a woman no longer young, who spoke with a slight stutter.
그녀의 아버지는 그녀를, 약간 말을 더듬고 이제는 젊었다고 생각될 수 없는 여자의 집으로, 데려갔다

They remained with her two days.

그들은 이틀 동안 그녀의 집에 머물렀다.

Once Anna saw her father kiss this woman upon the mouth, but she did not understand.
안나는 그녀의 아버지가 그녀의 입에 키스하는 것을 보긴 했지만, 이해가 되지는 않았다.

On their return the skiff was loaded with oranges, and the sea was still gentle.
돌아오는 배에는 오렌지가 가득 실렸고, 바다는 여전히 잔잔했다.

Anna preserved the remembrance of that voyage as if it were a dream; and, since she was by nature taciturn, she did not recount many stories of it to her comrades, who pursued her with questions.
안나는 그 여행의 기억을 꿈이었던 것처럼 여겼다. 또한 그녀는 천성적으로 말이 없었기 때문에 자꾸 캐묻는 그녀의 친구들에게도 많은 이야기는 하지 않았다.

II

In the following May, to the festival of the Apostle, came the Archbishop of Orsogna.
5월이 되자, 사도 축제에 오르소냐 대주교가 오셨다.

The church was entirely decorated with red draperies and leaves of gold, while before the bronze rails burned eleven silver lamps fashioned by silversmiths for religious purposes, and every evening the orchestra sang a solemn oratorio with a splendid chorus of childish voices.
교회 전체가 붉은 커튼과 황금 이파리로 장식되어 있었고, 청동 난간 앞에는 종교적인 목적으로 은세공인이 만든 11개의 은 램프가 타고 있었고, 매일 저녁 오케스트라는 아이들이 장엄한 합창곡을 부르는 가운데 엄숙한 오라토리오를 연주했다.

On Saturday the statue of the Apostle was to be shown.
토요일에는 사도 상이 보이기로 되어 있었다.

Devotees made pilgrimages from all the maritime and inland countries; they came up the coast, singing and bearing in their hands votive offerings, with the sea in full sight.
신도들은, 해안이나 내륙을 가리지 않고, 모든 곳에서 순례를 왔다. 그들은 노래 부르고 손에는 봉헌물을 들고 탁 트인 바다를 바라보며 해안으로 올라왔다.

Anna on Friday had her first communion.
안나는 금요일에 첫 성찬식을 치렀다.

The Archbishop was an old man, reverent and gentle, and when he lifted his hand to bless her, the jewel in his ring shone like a divine eye.
대주교는 경건하고 온순한 노인이었으며, 그녀를 축복하기 위해 그의 손을 들었을 때 그의 반지에 있는 보석은 신성한 눈처럼 빛났다.

Anna, when she felt on her tongue the wafer of the Eucharist, became blinded with a sudden wave of joy that seemed to moisten her hair, like a soft and tepid scented bath.
안나는 혀에 성체의 전분을 느끼자, 부드럽고 미지근한 향이 나는 물로 목욕하는 것처럼, 자신의 머리카락을 적셔주는 것 같은 갑작스러운 환희의 물결에 앞이 캄캄해졌다.

Behind her a murmur ran through the multitude; near by other virgins were taking the Sacrament and bowing their faces upon the rail in great contrition.

그녀 뒤에서 사람들이 뭔가 중얼거렸다. 근처에 다른 소녀들은 성
찬식을 치르며 절절히 통회하며 난간에 얼굴을 숙이고 있었다.

That evening Francesca wished to sleep, as was the
custom among the worshippers, upon the pavement of
the church, while awaiting the early morning revelation of
the saint.
그날 저녁, 프란체스카는, 당시 신자들의 관습대로, 성자의 새벽 계
시를 기다리면서 교회 바닥에서 잠을 청했다.

She was seven months with child and the weight of it
wearied her greatly.
그녀는 아이를 가진 지 7개월이 되어, 아이가 무거워서 그녀는 많
이 지쳐있었다.

On the pavement, the pilgrims lay crowded together,
while heat emanating from their bodies filled the air.
바닥에는 순례자들이 빽빽이 함께 모여 앉아 있었고, 그들의 몸에
서 나오는 열기로 공기는 후덥지근했다.

Diverse confused cries issued at times from some of
those unconscious with sleep; the flames of the burning
oil in the cups trembled and were reflected as they
hung suspended between the arches, while through the
openings of the large doors the stars glittered in the early
spring night.
잠에 빠져 의식이 없는 몇몇 사람들은 때로 여러 이상한 소리들을
질러댔다. 아치 사이에 매달려있는 컵 안에서는 기름이 타고 있었
는데, 깜빡이는 불꽃들은 기름에 반사되고 있었고, 커다란 문이 열
려있어, 그 틈으로 이른 봄밤의 반짝이는 별들을 볼 수 있었다.

Francesca lay awake for two hours in pain, since the
exhalations from the sleepers gave her nausea.

프란체스카는 잠든 사람들이 내뿜는 숨결이 메스꺼웠기 때문에, 고통스럽게 2시간 동안 깨어 있었다.

But, having determined to resist and to endure for the welfare of her soul, she was overcome at last by weariness and bent her head in sleep.
그러나 영혼의 안녕을 위해 참고 견디기로 한 그녀는, 마침내, 지쳐서 고개를 숙이고 잠이 들었다.

At dawn she awoke.
새벽에 그녀는 눈을 떴다.

Expectation increased in the souls of the watchers and more people arrived.
기대감으로 구경꾼들과 사람들이 더 많아지게 되었다.

In each one burned the desire to be the first to see the Apostle.
저마다 사도를 제일 먼저 만나보고 싶은 열망으로 타올랐다.

At length the first grating was opened, the noise of its hinges resounding clearly through the silence, and echoing in all hearts.
드디어, 첫 번째 쇠창살이 열리면서, 경첩의 소리가 고요함을 뚫고 또렷하게 울려 퍼져 모든 사람의 마음속에 메아리쳤다.

The second grating was opened, then the third, the fourth, the fifth, the sixth, and finally the last.
두 번째 쇠창살이 열리고 세 번째, 네 번째, 다섯 번째, 여섯 번째, 마침내 마지막 쇠창살이 열렸다.

It seemed now as if a cyclone had struck the crowd.
그러자 사이클론이 덮치는 것처럼,

The mass of men hurled themselves toward the tabernacle, sharp cries rang in the air; ten, fifteen persons were wounded and suffocated while a tumultuous prayer arose.
많은 사람들이 성막을 향해 몸을 던졌고, 날카로운 외침들이 공중에 울려 퍼졌다. 요란한 기도 소리가 울려 퍼지는 동안, 10명, 15명은 부상당하거나 질식해서 죽었다.

The dead were dragged to the open air.
죽은 사람들은 야외로 끌어내졌다.

The body of Francesca, all bruised and livid, was carried to her family.
온통 상처투성이인 창백한 프란체스카의 시신은 그녀의 가족에게 넘겨졌다.

Many curious ones crowded around it, and her relatives lamented piteously.
호기심 많은 사람이 그 주변으로 몰려들었고, 그녀의 친척들은 애처롭게 울부짖었다.

Anna, when she saw her mother stretched on the bed, purple in the face and stained with blood, fell to the earth unconscious.
안나는, 얼굴이 보랏빛이 되고 피로 물든 그녀의 어머니가 침대에 누워 있는 것을 보자, 의식을 잃고 땅에 쓰러졌다.

Afterwards, for many months she was tormented by epilepsy.
이후, 그녀는 여러 달 동안 간질에 시달리게 되었다.

III

In the summer of 1835 Luca set sail for a Grecian port upon the skiff "Trinita" belonging to Don Giovanni Camaccione.
1835년 여름, 루카는 돈 지오반니 카마치오네 소속의 "트리니타" 호를 타고 어느 그리스 항구로 항해를 시작했다.

Moreover, as he held a secret thought in his mind, before leaving, he sold his furniture and asked some relatives to keep Anna in their house until he should return.
그는 마음속으로, 남들에게 밝히지 않은 생각을 하고 있었기 때문에, 떠나기 전에 가구를 팔고 친척들에게 그가 돌아올 때까지 안나를 집에 데리고 있어 달라고 부탁했다.

Some time after that the skiff returned loaded with dried figs and eggs from Corinth, after having touched at the coast of Roto.
얼마 후, 배는 로토 해안을 거쳐, 코린트에서 말린 무화과와 달걀을 싣고 돌아왔다.

Luca was not among the crew, and it became known later that he had remained in the "country of the oranges" with a lady-love.
선원 중에는 루카는 없었다. 나중에 그가 연인과 함께 "오렌지 나라"에 머무르고 있다고 전해졌다.

Anna remembered their former stuttering hostess.
안나는 전에 말을 더듬는 여자가 생각났다.

A deep sadness settled down upon her life at this recollection.
그 생각을 하자 그녀의 슬픔은 깊어졌다.

The house of her relatives was on the eastern road, in the

vicinity of Molo.
그녀의 친척 집은 모로 근처 동쪽 도로에 접해 있었다.

The sailors came there to drink wine in a low room, where almost all day their songs resounded amid the smoke of their pipes.
선원들은 그곳에 와서는 지붕 낮은 방에서 포도주를 마셨는데, 거의 온종일 그들의 노래가 자욱한 파이프 담배 연기 속에서 울려 퍼졌다.

Anna passed in and out among the drinkers, carrying full pitchers, and her first instinct of modesty awoke from that continuous contact, that continuous association with bestial men.
안나는 주전자에 술을 가득 담은 채 술꾼들 사이를 오갔다. 그녀에게 있어서 첫 번째 본능 같은 겸손함은 그런 계속된 접촉, 즉 짐승 같은 남자들을 계속 상대해야 했기 때문에 생겨난 것이었다.

Every moment she had to endure their impudent jokes, cruel laughter and suggestive gestures, the wickedness of men worn out by the fatigues of a sailor's life.
매 순간, 그녀는 무례한 농담, 잔인한 웃음, 외설적인 몸짓, 선원의 삶을 살아가는 사람들의 피로에 지친 사악함을 견뎌야 했다.

She dared not complain, because she ate her bread in the house of another.
그녀는 다른 사람의 집에서 먹고 살았기에, 감히 불평하지는 못했다.

But that continuous ordeal weakened her and a serious mental derangement arose little by little from her weakened condition.
하지만, 계속 이어지는 그런 불쾌한 경험들은 그녀를 약하게 만들었고, 약해지면서 조금씩 심각한 정신 착란이 일어났다.

Naturally affectionate, she had a great love for animals.
천성적으로 애정이 넘치는 그녀는 동물들을 매우 사랑했다.

An aged ass was housed under a shed of straw and clay behind the house.
집 뒤에, 짚과 진흙으로 된 헛간에는 늙은 나귀 한 마리가 있었다.

The gentle beast daily bore burdens of wine from Saint Apollinare to the tavern; and for all that his teeth had commenced to grow yellow, and his hoofs to decay, for all that his skin was already parched and had scarcely a hair upon it, still, at the sight of a flowering thistle he put up his ears and began to bray vivaciously in his former youthful way.
그 온순한 짐승은 산타폴리나레에서 선술집까지 매일 포도주의 짐을 날랐으며, 이빨은 노랗게 변하기 시작하고, 발굽은 썩어가고, 피부는 이미 바짝 말랐고, 털도 거의 없었지만, 꽃이 핀 엉겅퀴를 보자, 여전히 귀를 세우고 예전처럼 생기있게 울어대기 시작했다.

Anna filled his manger with fodder and his trough with water.
안나는 여물통에는 사료를, 물통에는 물을 채웠다.

When the heat was severe, she came to rest in the shadow of the shed.
더위가 심할 때면, 그녀는 헛간 그늘로 가서 쉬기도 하였다.

The ass ground up wisps of straw laboriously between his jaws and she with a leafy branch performed a work of kindness by keeping his back free from the molestation of insects.

당나귀는 양턱으로 힘들게 가느다란 지푸라기들을 갈아대고 있었고, 그녀는 친절하게도 나귀 등에 벌레들이 성가시게 하지 못하도록 잎이 달린 나뭇가지로 벌레들을 쫓았다.

From time to time the ass turned its long-eared head with a curling of the flaccid lips which revealed the gums as if performing a reddish animal smile of gratitude, and with an oblique movement of his eye in its orbit showed the yellowish ball veined with purple like a gall bladder.

때로, 나귀는 기다란 귀와 축 늘어진 입술을 둥그렇게 말아서 어떤 불그스름한 동물이 감사의 미소를 짓는 것처럼, 잇몸을 보이며 머리를 돌리기도 하고, 눈이 대각선으로 회전하는 동안 쓸개 같은 보라색 정맥들이 드러난 누르스름한 눈알을 보이기도 했다.

The insects circled with a continuous buzzing around the dung-heap; neither from earth nor sea came a sound, and an infinite sense of peace filled the soul of the woman.

벌레들이 배설물 더미 주변을 계속 윙윙거리며 맴돌았다. 땅에서도 바다에서도 그 어떤 소리도 들리지 않았고, 너무 평화롭다는 느낌이 여자의 영혼을 채웠다.

In April of 1842 Pantaleo, the man who guided the beast of burden on his daily journeys, died from a knife-wound.

1842년 4월, 하루도 안 빠지고 나귀에게 짐을 실어 나르던 판탈레오가 칼에 찔린 상처로 죽었다.

From that time on the duty fell to Anna.

그때부터 안나가 그 일을 맡게 되었다.

Either she left at dawn and returned by noon, or she left at noon and returned by night.

그녀는 새벽에 출발하여 정오에 돌아오거나, 정오에 출발하여 밤에 돌아왔다.

The road wound over a sunny hill planted with olives, descended through a moist country used for pasture, and on rising again through vineyards, arrived at the factories of Saint Apollinare.

올리브가 심어진 햇살 가득한 언덕을 구불구불 올라가, 목초지로 사용되던 습한 곳으로 내려갔다가, 다시 올라가 포도밭을 지나 산타폴리나레에 있는 농장으로 이르는 길이었다.

The ass walked wearily in front with lowered ears, a green fringe all worn and discoloured beat against his ribs and haunches and in the pack-saddle glittered several fragments of brass plate.

나귀는 귀를 늘어뜨리고 지친 상태로 앞에서 걷고 있었는데, 완전히 낡고 탈색된 녹색 장식이 나귀의 갈비뼈와 엉덩이에 부딪히고, 짐을 나르는 안장에는 서너 개 놋쇠 판 조각들이 반짝이고 있었다.

When the animal stopped to regain his breath, Anna gave him a little caressing blow on the neck and urged him with her voice, because she had pity for his infirmities.

나귀가 멈춰 서서 숨을 몰아 쉴 때, 안나는 병약한 나귀가 안타까워 갈 길을 재촉하면서도, 나귀의 목을 달래듯이 도닥여 주었다.

Every so often she tore from the hedges a handful of leaves and offered them to him for refreshment; she was moved on feeling in her palm the soft movement of his lips as they nibbled her offering.

자주 그녀는 울타리에서 한 줌의 잎사귀를 뜯어 나귀에게 힘내라고 주었는데, 그녀가 뜯어 준 잎사귀를 그녀의 손바닥에서 나귀가 입술을 부드럽게 움직여 오물거리며 먹는 것을 보고 그녀는 감동받았다.

The hedges were in bloom and the blossoms of the white

thorn had a flavour of bitter almonds.
울타리에는 꽃이 피었고 하얀 가시가 있는 꽃들에서는 쓴 아몬드 맛이 났다.

On the confines of the olive grove was a large cistern, and near this cistern a long, stone canal where the animals came to drink.
올리브 숲의 경계에는 큰 웅덩이가 있었는데, 이 웅덩이 근처에는 동물들이 물을 마시러 오는 기다란 돌로 만든 운하가 있었다.

Every day Anna paused at this spot and here she and the ass quenched their thirst before continuing the journey.
매일 안나는 이곳에서 멈추었고, 여기에서 그녀와 나귀는 남은 길을 더 가기 전에 목을 축였다.

Once she encountered the keeper of a herd of cattle, who was a native of Tollo and whose expression was a little cross and who had a hare-lip.
한번은, 그녀가 톨로 토박이이고 표정이 약간 완고해 보이며 토끼 같은 입술을 가진 소 목동을 우연히 만났다.

The man returned her greeting and they began to converse on the pasturage and the water, then on sanctuaries and miracles.
그는 그녀의 인사를 받아 주기도 하고, 목초지와 물에 관해 이야기도 하며, 성소와 기적에 관해서도 이야기를 나누었다.

Anna listened graciously and with frequent smiles.
안나는 자주 미소를 지으며 상냥하게 귀를 기울였다.

She was lean and pale with very clear eyes and uncommonly large mouth, and her auburn hair was smoothed back without a part.

그녀의 눈은 아주 맑았고, 입은 아주 컸으며, 몸은 날씬하고, 창백했으며, 적갈색 머리는 가르마 없이 매끄럽게 뒤로 넘겨져 있었다.

On her neck one saw the red scars of her burns and her veins stood out and palpitated incessantly.
목에는 붉은 화상 자국이 있었는데, 혈관이 튀어나와 끊임없이 팔딱거리고 있었다.

From that time on their conversations were repeated at intervals.
그때부터, 그들이 이따금 대화를 나눌 때,

Through the grass the cattle dispersed, either lying down and pondering or standing and eating.
소들은 풀밭에 흩어져 누워 되새김질하거나 일어서서 풀을 씹고 있었다.

Their peaceful moving forms added to the tranquillity of the pastoral solitude.
소들이 평화롭게 움직이는 모습은 목가적인 고독의 평온함을 더했다.

Anna, seated on the edge of the cistern, talked simply and the man with his split lip seemed overcome with love.
안나는 물웅덩이 가장자리에 앉아, 단조로이 말을 했고, 입술이 갈라진 남자는 사랑에 빠진 듯했다.

One day with a sudden, spontaneous blossoming of her memory, she told of her sailing to the mountain of Roto; and, since the remoteness of the time had blurred her memory, she told marvellous things with a strong appearance of truth.
어느 날, 갑자기, 기억이 저절로 꽃이 피듯 피어나서, 그녀는 배를

타고 로토 산으로 갔던 일을 말했다. 오래전 일이라 기억이 희미해
지기는 했지만, 그녀는 진짜 사실이라며 놀라운 것들에 대해 말을
했다.

The man, astonished, listened without winking an eye.
남자는, 눈도 깜빡이지 않고, 놀라서 귀를 기울였다.

When Anna stopped speaking, to both the surrounding
silence and solitude seemed deeper and both remained in
thought.
안나가 말을 멈추자, 두 사람에게 주위의 침묵과 고독은 좀 더 깊어
진 듯했고, 둘은 생각에 빠지게 되었다.

Then the cattle, driven by habit, came to the trough and
between their legs dangled the bags of milk supplied anew
from the pasture.
그러자, 습관적으로 소들이 여물통 쪽으로 왔는데, 다리 사이에는
목초지에서 새로 지급된 우유 포대가 매달려 있었다.

As they thrust their noses into the stream, the water
diminished with their slow, regular gulps.
소들이 코를 개울에 들이밀고 천천히 규칙적으로 물을 마시자, 물
은 마시는 대로 줄어들었다.

IV

During the last days of June the ass fell sick.
6월의 마지막 며칠 동안, 나귀가 아팠다.

It took neither food nor drink for almost a week.
거의 일주일 동안, 먹이도 먹지 않았고, 물도 마시지 않았다.

The daily journeys were interrupted.

매일 하던 일은 중단되었다.

One morning Anna, descending to the shed, found the beast all cramped upon the straw in a pitiable condition.
어느 날 아침, 안나는 헛간으로 내려가다가, 지푸라기 위에 측은하게 완전히 꺾어진 채로 있는 나귀를 발견했다.

A kind of hoarse, tenacious cough shook from time to time his huge frame thinly covered with skin, while above the eyes two deep cavities had formed like two hollow orbits, and the eyes themselves resembled two great bladders filled with whey.
약간 쉰 목소리로 계속 기침을 해대서 가죽만 앙상히 덮여 있는 그 거대한 몸뚱이는 때때로 흔들렸고, 눈 위에는 움푹한 곳이 두 군데가 생겨서 마치 진공 속을 도는 두 궤도 같았으며, 눈 자체는 유장으로 채워진 두 개의 커다란 방광과 비슷했다.

When the ass heard Anna's voice he tried to get up; his body reeled upon his legs, his neck sank beneath the sharp shoulder-blades, and his ears dangled, with involuntary and ungainly motions, like those of a big toy broken at the hinges.
나귀는 안나의 목소리를 듣고 일어나려고 했다. 몸은 다리 위에서 비틀거렸고, 목은 뾰족한 견갑골 아래로 가라앉은 듯했으며, 귀는 경첩에 끼어 부서진 큰 장난감의 귀처럼 제멋대로 볼품없이 움직이며 매달려 있는 듯했다.

A mucous liquid dropped from his nose, sometimes flowing in little sluggish rivulets down to his knees.
끈적한 콧물이 코에서 떨어지고, 때로는 무릎까지 떨어져서 약간 느린 개울물처럼 흘러내렸다.

The raw spots in the skin turned the colour of azure, and

the sores here and there bled.
가죽에 생긴 반점들은 하늘색으로 변했고, 여기는 짓무르고, 저기
는 피가 흘렀다.

Anna, at this sight, was inwardly torn by a pitying anguish;
and, since by nature and by habit she never experienced
any physical repugnance on coming in contact with things
commonly regarded as repellant, she drew near to touch
the animal.
이 광경을 본 안나는 연민의 고통으로 마음이 찢어졌다. 천성적으
로나 습관적으로나, 그녀는 일반적으로 불쾌하다고 여겨지는 것들
과 접촉할 때, 그 어떤 육체적인 혐오감을 느껴본 적이 없었기 때문
에, 그녀는 가까이 다가가 나귀를 만졌다.

With one hand she held up his lower jaw and with the
other a shoulder and thus sought to help him walk,
hoping that exercise might do him good.
그녀는 한 손으로 나귀의 아래턱을 잡고 다른 손으로 어깨를 잡고
는, 이런 동작이 나귀에게 도움이 되기를 바라면서, 나귀가 걸을 수
있도록 도우려고 했다.

At first the animal hesitated, shaken by new outbreaks of
coughing, but at length he began to walk down the gentle
incline that led to the shore.
처음에, 나귀는 다시 기침으로 몸이 떨리고 흔들려서 주저했지만,
마침내 해안으로 연결되는 완만한 경사를 따라 걷기 시작했다.

The water before them shone white in the birth of the
morning and the Calafatti near La Penna were smearing a
keel with pitch.
그들 앞의 물은 아침을 맞이하여 하얗게 빛났고, 라펜나 근처에서
는 누수방지 공사를 하는 사람들이 콜타르의 검은 찌꺼기를 용골에
바르고 있었다.

As Anna sustained her burden with her hands, and held the halter rope, the ass through a misstep of a hind leg fell suddenly.
안나가 손으로 나귀의 짐을 받쳐 들고 고삐를 잡자, 나귀는 뒷다리를 잘 못 디뎌 갑자기 쓰러졌다.

The great structure of bones gave a rattle within as if ruptured, the skin over the stomach and flanks resounded dully and palpitated.
나귀의 뼈들은, 거대한 구조물이 안쪽에서 부서지듯이, 덜커덕거리는 소리를 내고, 배와 옆구리 쪽의 가죽은 둔한 소리를 내며 팔딱거리고 있었다.

The legs made a motion as if to run, while blood issued from the gums and spread among the teeth.
다리는 달리고 있는 것처럼 움직였고, 잇몸에서는 피가 나와 이빨들 사이로 퍼졌다.

The woman began to call and run toward the house.
여자는 소리를 지르며 집으로 달리기 시작했다.

But the Calafatti, having arrived, laughed and joked at the reclining ass.
그러나 인부들은, 도착해서는, 비스듬히 기대어 앉는 나귀를 보고 웃으며 농담을 했다.

One of them struck the dying beast in the stomach with his foot.
그들 중 한 명은 죽어가는 짐승의 배를 발로 걷어찼다.

Another grabbed his ears and raised his head, which sank heavily again to earth.

다른 한 명은, 나귀의 귀를 잡고 머리를 들어 올렸다가 다시 땅에 세게 팽개쳤다.

The eyes at length closed, a chill ran over the white skin of the stomach, parting the tufts of hair as a wind would do, while one of his hind legs beat two or three times in the air.
마침내, 눈이 감기고 오한으로 하얀 뱃가죽이 가볍게 떨리더니, 마치 바람이 부는 것처럼 촘촘한 털들이 갈라지고, 한쪽 뒷다리를 허공으로 두세 번 휘저었다.

Then all was still, except that in the shoulder, where there was an ulcer, a slight quivering took place, like that caused by some insect a moment before in the living flesh.
그러더니, 벌레가 방금 전까지 살아있는 몸에 들어가 움직이는 것처럼, 피부가 벗겨진 어깨가 약간 떨리는 것 말고는 모든 것이 조용해졌다,

When Anna returned to the spot she found the Calafatti dragging the carcass by the tail, and singing a Requiem with imitation brays.
안나가 다시 그곳으로 돌아왔을 때, 인부들이 사체의 꼬리를 끌고 당나귀 소리를 흉내 내면서 진혼곡을 부르고 있었다.

Thus Anna was left alone.
그렇게 안나는 홀로 남겨지게 되었다.

Still for a long time she lived on in the house of her relatives and gradually faded, while she fulfilled her humble duties and endured with much Christian patience her vexations.
그녀는 오랫동안 친척 집에서 살면서 점차 시들어갔지만, 하찮은

일을 다 하며 기독교인다운 인내로 자신의 괴로움을 견뎠다.

In 1845 her epilepsy returned to her with violence, but disappeared again after some months.
1845년, 간질이 다시 심하게 도졌지만 몇 달 후에는 다시 사라졌다.

Her religious faith became at the same time more deep and living.
그녀의 종교적 믿음은, 간질로, 더 깊어지고 더 생생하게 되었다.

She went up to the church every morning and every evening, and knelt habitually in an obscure corner protected by a great pillar of marble where was pictured in rough bas-relief the flight of the Holy Family into Egypt.
그녀는 매일 아침저녁으로 교회로 올라가서는, 성가족이 이집트로 피신하는 모습을 투박하게 얇은 돋을새김으로 묘사한 거대한 대리석 기둥들에 가려진 어두운 구석에서 습관처럼 무릎을 꿇고 기도를 드렸다.

Did she not at first choose that corner because she was attracted by the gentle ass bearing the child Jesus and His mother from the land of idolatry?
그 기둥을 처음보자, 그녀가 우상숭배의 땅에서 아기 예수와 성모를 태운 온순한 나귀에게 끌렸기 때문에, 그 구석을 선택한 것이 아니었을까?

A great peace as of love descended upon her soul when she bent her knees in the shadow, and prayers rose unpolluted from her breast as from a natural spring, because she prayed only through a blind passion to adore, and not through any hope to obtain the grace of happiness in her own life.

그녀가 어둠 속에서 무릎을 꿇었을 때 사랑만큼 큰 평화가 그녀의 영혼에 내려왔다. 그녀는 자신의 삶에 행복의 은혜를 구하지 않고, 찬양하기 위한 맹목적인 열정으로 기도했으므로, 그녀의 가슴에서 는 천연의 샘처럼 오염되지 않은 기도가 솟아올랐다.

She prayed with her head lowered on a chair, and as Christians, in coming and going, touched the holy water with their fingers and crossed themselves, she from time to time shivered on feeling on her hair some welcome drops of the holy water.

그녀는 의자에 머리를 숙이고 기도했다. 교인들이 오고 가며 성수에 손가락을 대고 성호를 그을 때, 예상치 않게 성수 몇 방울이 머리에 떨어지는 것이 느껴지면 몸을 떨곤 했다.

V

When in the year 1851 Anna came for the first time to the country of Pescara, the feast of Rosario was approaching, which is celebrated on the first Sunday of October.

1851년, 안나가 처음으로 페스카라 지역에 왔을 때, 10월 첫 번째 일요일에 열리는 묵주 축제가 다가오고 있었다.

The woman came from Ortona on foot, for the purpose of fulfilling a vow; and bearing with her, hidden in a handkerchief of silk, a little heart of silver, she walked religiously along the seacoast; since at that time the province road was not yet constructed, and a wood of pines almost covered the virgin soil.

그녀는 서원을 이행하기 위해 걸어서 오르토나에서 왔다. 비단 손 수건에 은으로 된 작은 심장을 숨기고 해변을 따라 구도자의 마음 가짐으로 걸었다. 당시에는 지역 도로가 아직 건설되지 않았었고 소나무들이 숲을 이룬 처녀지가 대부분이었다.

The day was calm, save that the waves of the sea were ever increasing and at the farthest point of the horizon the clouds continued to rise in the shape of large funnels.

바다의 파도가 점점 더 거세지고 수평선의 가장 먼 지점에서 구름이 큰 깔때기 모양으로 계속 상승하는 것을 제외하고는 평화로운 날이었다.

Anna walked on entirely absorbed in holy thoughts.

안나는 오로지 신성한 생각에 빠져 걸어가고 있었다.

Towards evening, as she was approaching Salini, suddenly the rain began to fall, at first gently, but later in a great downpour; so much so that, not finding any shelter, she was wet through and through.

저녁이 되어 살리니에 가까워지자, 갑자기 비가 내리기 시작했다. 처음에는 가볍게 내렸지만, 나중에는 억수 같은 폭우가 쏟아졌다. 비 피할 곳을 찾지 못해 그녀는 완전히 젖어 버렸다.

Further on, the gorge of the Alento was flooded, and she had to remove her shoes and ford the river.

게다가 알렌토 계곡이 물에 잠겨 신발을 벗고 강을 건너야 했다.

In the vicinity of Vallelonga the rain ceased, and the forest of pines serenely revived gave forth an odour almost of incense.

발레롱가 근처에서 비가 그쳤고, 평온하게 다시 살아난 소나무 숲에서는 향 같은 냄새가 났다.

Anna, rendering thanks in her soul to her Lord, followed the shore path with steps more rapid, since she felt the unwholesome dampness penetrate her bones, and her teeth began to chatter from a chill.

안나는 주님께 마음속으로 감사를 드리며 더 빠른 걸음으로 해안 길을 따라 걸어갔다. 몸에 해로운 습기가 뼛속으로 스며드는 것을 느끼고 오한으로 이빨이 덜덜거리기 시작했기 때문이었다.

At Pescara she was suddenly stricken with a swamp-fever, and cared for through pity in the house of Donna Cristina Basile.
페스카라에서, 그녀는 갑자기 습기 때문에 열이 나자, 도나 크리스티나 바질레가 그녀를 측은히 여겨 그녀를 보살펴 주었다.

From her bed on hearing the sacred chants, and seeing the tops of the standards wave to the height of her window, she set herself to praying and invoking her recovery.
침대에서 그녀는 신성한 성가를 듣고, 깃발의 꼭대기가 창문 높이까지 흔들리는 것을 보며, 건강이 좋아지기를 기도하였다.

When the Virgin passed she could see only the jewelled crown, and she endeavoured to kneel upon the pillows in order to worship.
성모상이 지나갈 때면, 보석으로 된 면류관만 볼 수 있어서, 그녀는 경배를 드리고자 베개 위에서 무릎을 꿇으려고 안간힘을 쓰기도 하였다.

After three weeks she recovered and Donna Cristina having asked her to remain, she stayed on in the capacity of a servant.
3주 후 그녀는 회복되었다. 도나 크리스티나가 그녀에게 머물기를 요청해서, 그녀는 하녀의 역할을 하면서 남게 되었다.

She had a little room looking out upon a court.
그녀는 마당이 내다보이는 작은 방에 머물게 되었다.

The walls were whitened with plaster, an old screen covered with curious figures blocked a corner, and among the beams of the roof many spiders stretched in peace their intricate webs.

벽은 회반죽으로 하얗게 칠해져 있었고, 특이한 모습이 가득한 낡은 칸막이로 모서리를 막았고, 지붕 대들보 사이에는 수많은 거미들이 평화롭게 거미줄을 치고 있었다.

Under the window projected a short roof, and further down opened the court full of tame birds.

창 아래에는 짧게 지붕이 튀어나와 있었고, 더 아래쪽에는 길들인 새들로 가득 찬 마당이 펼쳐져 있었다.

On the roof grew from a pile of earth enclosed with five tiles a tobacco plant.

지붕 위 타일 다섯 개로 덮인 흙더미에서는 담배가 한 그루 자라고 있었으며,

The sun lingered there from early in the morning until the evening.

아침 일찍부터 저녁까지 해가 들었다.

Every summer the plant bloomed.

매년 여름마다, 담배에서 꽃이 피었다.

Anna, in this new life, in this new house, little by little felt herself revive and her natural inclination for order reasserted itself.

이렇게 새로운 집에서 시작하는 새로운 삶에서, 안나는 조금씩 자신이 되살아나는 것을 느꼈고, 정돈된 것을 좋아하는 그녀의 타고난 성향이 다시 살아났다.

She attended tranquilly and without speaking to all her

duties.
그녀는 자신이 해야 할 일에 대해 군말 없이 조용히 해나갔다.

Meanwhile her belief in things supernatural increased.
동시에 초자연적인 것에 대한 믿음은 커져만 갔다.

Two or three legends had in the distant past established themselves with regard to certain spots in the Basile house, and from generation to generation they had been handed down.
두세 개의 전설이, 아주 먼 옛날에, 바질레 저택 안의 특정한 곳과 관련하여 있었는데, 이 전설들은 대대로 이어져 내려갔다.

In the yellow room on the second floor (now unoccupied) lived the soul of Donna Isabella.
2층의 노란색 방(현재 비어 있음)에는 도나 이사벨라의 영혼이 살고,

In a dark room with a winding staircase descending to a door that had not been opened for a long time, lived the soul of Don Samuele.
오랫동안 열지 않았던 문으로 내려가는 구불구불한 계단이 있는 어두운 방에는 돈 사무엘레의 영혼이 살고 있다고 했다.

Those two names exercised a singular power over the present occupants, and diffused through the entire ancient building a kind of conventional solemnity.
그 두 영혼은 현재 살고 있는 사람들에게 어떤 이상한 힘을 행사하며, 이 오래된 건물 전체에 일종의 관습적인 엄숙함이 깃들게 하였다.

Further, as the inside court was surrounded by many roofs, the cats on the loggia gathered in counsel and

mewed with a mysterious sweetness, while begging Anna for bits from her meals.
더욱이, 안마당은 많은 지붕으로 둘러싸여 있어서, 로지아에 있는 고양이들이 비밀스럽게 모여 신비한 달콤한 소리로 울면서, 안나에게 그녀가 먹을 것에서 부스러기라도 달라고 애원하는 듯하였다.

In March of the year 1853 the husband of Donna Cristina after many weeks of convulsions died of a urinary disease.
1853년 3월에, 도나 크리스티나의 남편은 몇 주에 걸친 경련 후, 비뇨기 질환으로 사망했다.

He was a God fearing man, domestic and charitable, at the head of a congregation of landowners, read theological works, and knew how to play on the piano several simple airs of the ancient Neapolitan masters.
그는 신을 두려워하고, 가정적이고, 자선을 베푸는 사람이었고, 지주 모임의 우두머리였으며, 신학 서적을 읽었고, 고대 나폴리 대가들의 쉬운 몇 곡 정도는 피아노로 연주할 줄 아는 사람이었다.

When the viaticum arrived, magnificent with its quantity of servers and richness of equipage, Anna knelt on the doorsill and prayed in a loud voice.
수많은 성직자들과 의식에 쓰일 풍부한 도구 일절로 장엄한 임종 성찬이 도착했을 때, 안나는 문턱에 무릎을 꿇고 큰 소리로 기도했다.

The room filled with the vapour of incense, in the midst of which glittered the cyborium and the censers flickering like burning lamps.
방은 향의 증기로 가득 찼고, 그 사이로 성합이 번쩍이고, 불타는 등불처럼 향로가 깜박였다.

One heard weeping, and then arose the voices of the

priests recommending the soul to the Most High.
흐느끼는 소리가 들리고, 이어서 지극히 높으신 하느님에게 영혼을
진권하는 사제들의 목소리가 들렸다.

Anna, carried away by the solemnity of that sacrament,
lost all horror of death, and from that time on the death
of a Christian seemed to her a journey sweet and joyful.
성찬의 엄숙함에 넋을 빼앗긴 안나에게 죽음에 대한 공포는 모두
사라졌고, 그때부터 그녀에게 그리스도인의 죽음은 달콤하고 즐거
운 여행처럼 보였다.

Donna Cristina kept the windows of her house closed for
an entire month.
도나 크리스티나는 한 달 내내 집의 창문들을 모두 닫아 두었다.

She mourned for her husband at the hours of dinner and
supper, gave in his name alms to beggars; and many times
a day, with the tail of a fox swished the dust from his
piano, as if from a relic, while emitting sighs.
그녀는 점심 식사와 저녁 식사 시간에 죽은 남편을 애도하였으며,
남편의 이름으로 거지들에게 자선을 베풀었다. 하루에도 여러 번
여우 꼬리를 흔들어, 유물에서 먼지를 털어내듯 남편의 피아노에서
먼지를 털어내며 한숨을 쉬었다.

She was a woman of forty years, tending toward fleshiness,
although still youthful in her form which sterility had
preserved.
그녀는 약간 살집이 있긴 하지만, 아이를 낳지 않아서 여전히 처녀
같은 몸매를 갖고 있는 마흔 살의 여자였다.

And since she inherited from the deceased a considerable
sum, the five oldest bachelors of the country began to lay
ambushes for her and to allure her with flattering wiles to

new nuptials.

그녀는 고인에게서 상당한 액수의 유산을 물려받았기 때문에, 그 지역에서 가장 나이 많은 5명의 총각들은, 계획적인 아첨으로 그녀를 유혹해, 그녀와 결혼 할 수 있는 기회를 호시탐탐 노리고 있었다.

The competitors were:

경쟁자들은 다음과 같았다.

Don Ignazio Cespa, an effeminate person, of ambiguous sex, with the face of an old gossip marked from the small-pox, and a head of hair filled with cosmetics, with fingers heavy from rings and ears pierced with two minute circles of gold; Don Paolo Nervegna, doctor of law, a man talkative and keen, who had his lips always curled as if he were chewing on some bitter herb, and a kind of red, unconcealable wart on his forehead; Don Fileno d'Amelio, a new leader of the congregation, slightly bald, with a forehead sloping backward, and deep-set lamb-like eyes; Don Pompeo Pepe, a jocular man and a lover of wine, women and leisure, luxuriantly corpulent, especially in his face and sonorous in laughter and speech; Don Fiore Ussorio, a man of pugnacious disposition, a great reader of political works, and a triumphant quoter of historical examples in every dispute, pallid with an unearthly pallor, with a thin circle of beard around his cheeks and a mouth peculiarly leaning toward an oblique line.

돈 이그나치오 체스파에게는 여자 같은 중성적인 면모가 있었다. 얼굴은 천연두 자국으로 오랫동안 가십거리였으며, 머리털에는 잔뜩 화장용 기름을 발랐으며, 손가락들은 반지들로 무거울 지경이었고, 귀에는 작은 금귀고리가 끼워져 있었다. 돈 파올로 네르베냐는 법학박사로서 말이 많고 예리했으며 쓴 약초를 씹는 것처럼 항상 입술이 말려 있었고 이마에는 붉은 사마귀 같은 것이 보란 듯이

나 있었다. 돈 필레노 다멜리오는 신도들의 새로운 대표이었는데, 약간 대머리에, 뒤쪽으로 경사진 듯한 이마, 움푹 들어간 어린 양 같은 눈을 가지고 있었다. 돈 폼페이오 페페는 익살스러운 남자로서 술, 여자, 취미활동을 좋아했으며, 부티나게 살이 쪄있으며, 특히 얼굴에는 살이 더 올라 있었고 웃을 때나 말을 할 때는 목소리가 쩌렁쩌렁했다. 돈 피오레 웃소리오는 호전적인 성격을 갖은 사람으로 정치적인 작품들을 탐독했으며, 모든 논쟁에서 역사적 사례들을 자신 있게 인용하는, 너무나도 창백한 안색과 뺨과 입 주변으로 특이하게 사선이 되어가는 얇고 동그란 수염을 기르고 있었다.

To these were added, as a help to Donna Cristina's power of resistance, the Abbot Egidio Cennamele who, wishing to draw the heritage to the benefit of the church, with well covered cleverness antagonised the wooers by means of flattery.

이 외에도, 도나 크리스티나가 이들의 유혹에 넘어가지 않도록, 아첨으로 구애하는 사람들과는 다르게 잘 숨겨진 교활함으로, 교회의 이익을 위해 유산을 끌어오고 싶어하는 수도원장 에지디오 첸나밀레를 들 수 있다.

This great contest, which some day should be narrated in more detail, lasted a long time and held great variety of incident.

언젠가는 더 자세히 이야기해야 할 이 위대한 경연은 오랫동안 지속하였고 다양한 사건들을 일으켰다.

The principal theatre of the first act was the dining-room - a rectangular room where on the French paper of the walls were graphically represented the facts of Ulysses' sail to the island of Calypso.

1막의 주극장은 식당이었다. 그 방은 프랑스산 벽지 위에 율리시스가 칼립소 섬으로 항해하는 사실을 아주 생생하게 표현한 직사각형 방이었다.

Almost every evening the combatants assembled around
the besieged's window and played the game of briscola
and of love alternately.

거의 매일 저녁, 이 투사들은 그들의 먹잇감이 사는 창 주위에 모여
브리스콜라 게임과 사랑의 줄다리기를 교대로 하곤 했다.

VI

Anna was a constant witness.

안나는 모든 것을 지켜봐 온 사람이었다.

She introduced the visitors, spread the cloth upon the
table, and, in the midst of the vigil, brought in glasses
full of a greenish cordial mixed by the nuns with special
drugs.

그녀는 방문객들을 안내하고, 테이블 위에 천을 깔고, 빠뜨리지 않
고 수녀들이 특수한 약을 섞어서 만든 푸르스름한 음료가 가득 담
긴 잔들을 내왔다.

Once at the top of the stairs she heard Don Fiore Ussorio,
in the heat of a dispute, insult the Abbot Cennamele who
spoke submissively; and since this irreverence seemed
monstrous to her, from that time on she judged Don Fiore
to be a diabolical man and at his appearance rapidly
made the sign of the cross and murmured a Pater.

한번은, 계단 위쪽에서 돈 피오레 웃소리오가 뜨겁게 논쟁하다가,
순종적으로 말하는 수도원장 첸나밀레를 모욕하는 것을 들었다. 이
런 불손한 언행이 그녀에게는 망측하게 보여서, 그때부터 그녀는
돈 피오레를 악마 같은 사람이라고 생각하고, 그가 나타나면 빠르
게 성호를 그으면서 작은 목소리로 하느님 아버지를 찾았다.

One day in the spring of 1856 while on the bank of the

Pescara, she saw a fleet of boats pass the mouth of the river and sail slowly up the current of the stream.

1856년 봄 어느 날, 페스카라 강둑에서, 그녀는 한 무리의 배들이 강의 하구를 거쳐 천천히 강을 거슬러 올라가는 것을 보았다.

The sun was serene, the two shores were mirrored in the depths facing one another, some green branches and several baskets of reeds floated in the midst of the current toward the sea like placid symbols, and the barks, with the mitre of Saint Thomas painted for an ensign in a corner of their sails, proceeded thus on the beautiful river sanctified by the legend of Saint Cetteo Liberatore.

날씨는 화창했으며, 강의 양안은 깊은 강물에 비쳐 서로 마주 보는 듯했고, 초록빛이 오른 나뭇가지 몇 개와 갈대 바구니 몇 개가 평온함의 상징처럼 바다로 흐르는 물살 한가운데 떠 있었으며, 돛의 한쪽 구석에 그려진 성 토마스의 주교관을 깃발 삼아 범선들이 성 체테오 리베라토레의 전설로 신성화된 아름다운 강을 따라 올라가고 있었다.

Recollections of her birthplace awoke in the soul of the woman with a sudden start, at that sight; and on thinking of her father, she was overcome with a deep tenderness.

그 광경을 바라보자, 갑자기 자신이 태어난 곳에 대한 기억이 그녀의 마음속에 떠올랐는데, 아버지 생각이 나자 마음이 훈훈해졌다.

The barks were Ortonesian skiffs and came from the promontory of Roto with a cargo of lemons.

그 배는 오르토나 배였으며, 로토 곶에서부터 레몬을 싣고 돌아오고 있었다.

Anna, when the anchors were cast, approached the sailors and gazed at them in silence with a curiosity yearning and fearful.

닻을 내리자, 안나는 선원들에게 다가가, 동경과 두려움이 섞인 호기심으로, 그들을 조용히 바라보았다.

One of them, struck by her expression, recognised her and questioned her familiarly:
그녀의 표정을 보고 놀란 그들 중 한 명이 그녀를 알아보고 친근하게 물었다.

"Whom are you seeking?
"누구를 찾고 계시는가요?

What do you want?"
원하는 것이 무엇이시죠?"

Then Anna drew the man aside and asked him if by chance he had seen in the "country of the oranges" Luca Minella, her father.
그러자, 안나는 그 남자를 한쪽으로 데리고 가서, 혹시라도 오렌지 나라에서 그녀의 아버지인 루카 미넬라를 본 적이 있는지 물었다.

"You have not seen him?
"아버지를 본 적이 있으신가요?

He no longer lived with that woman?"
아직도 그 여자와 계속 사는 건 아니죠?"

The man answered that Luca had been dead for some time.
그 남자는 루카가 죽은 지 꽤 된다고 대답했다.

"He was old, and could not live very long?"
"나이가 있어서 그렇게 오래 살지는 못하겠죠?"

Then Anna restrained her tears and wished to know many things.
그러자 안나는 눈물을 참으며 더 많은 것을 알고 싶어 했다.

"Luca had married that woman and they had had two children.
"루카는 그 여자와 결혼하여 자녀가 둘 있었죠.

The elder of the two sailed upon a skiff and came sometimes to Pescara for trade."
장남이 배를 타고 가끔 장사하기 위해 페스카라에 왔었죠."

Anna startled.
안나는 화들짝 놀랐다.

A perplexing confusion, a kind of troubled dismay seized her mind.
착잡한 당혹감, 일종의 뒤숭숭한 경악감이 그녀의 마음을 사로잡았다.

She could not regain her equilibrium in the face of these complicated facts.
그녀는 이렇게 복잡한 사실들을 대하자 평정심을 회복할 수 없었다.

She had two brothers then?
그렇다면, 두 명의 동생들이 생기게 되는 건가?

She must love them?
그들을 사랑해야 하는 건가?

She must endeavour to see them?
그들을 만나봐야 하는 건가?

Now what ought she to do?
이제 뭘 해야 하는 건가?

Thus, wavering, she returned home.
그렇게 그녀는 흔들리는 마음으로 집으로 돌아왔다.

Afterwards, for many evenings, when the barks entered the
river, she descended the long dock to watch the sailors.
그 후 여러 날 저녁때, 범선이 강에 들어오면, 그녀는 선원들을 살
펴보기 위해 기다란 선착장으로 내려갔다.

One skiff brought from Dalmatia a load of asses and
ponies.
한 보트가 달마티아로부터 나귀들과 조랑말들을 싣고 왔다.

The beasts on reaching land stamped and the air rang
with their brays and neighs.
육지에 도착하자, 나귀와 조랑말들이 발을 구르며 시끄럽게 울어대
는 소리가 울려 퍼졌다.

Anna, in passing, stroked the large heads of the asses.
안나는 지나가면서 나귀들의 커다란 머리들을 쓰다듬어 주었다.

VII

At about that time she received as a gift from a squire a
turtle.
그 무렵 그녀는 한 신사로부터 거북이를 선물로 받았다.

This new pet, heavy and taciturn, was her delight and care
in her leisure hours.
육중하고 말수가 적은 이 새로운 애완동물은, 한가할 때, 그녀의 기

쁨이자 관심거리였다.

It walked from one end of the room to the other, lifting with difficulty from the ground the great weight of its body.
거북은 그 무거운 몸을 땅에서 힘겹게 들어 올리면서, 방의 한쪽 끝에서 다른 쪽 끝으로 걸어갔다.

It had claws, like olive-coloured stumps, and was young; the sections of its dorsal shield, spotted yellow and black, glittered often in the sunlight with a shade of amber.
거북은 올리브색 그루터기 같은 발톱을 가지고 있었고 나이가 어렸으며, 노란색과 검은색 반점들이 있는 등껍질 부분은 햇빛을 받으면 이따금 호박색으로 반짝거렸다.

The head covered with scales, tapering to the nose and yellowish, projected and nodded with timorous benignity, and it seemed sometimes like the head of an old worn-out serpent that had issued from the husk of its own skin.
딱지로 뒤덮인 머리는 코로 갈수록 가늘어지고 누르스름했으며, 겁을 먹은 듯 양순하게 삐죽 튀어나와 흔들리고 있어서, 어떨 때는 자신의 피부 껍질에서 나온 지치고 늙은 뱀의 머리처럼 보였다.

Anna was much delighted with the traits of the animal; its silence, its frugality, its modesty, its love of home.
안나는, 거북의 조용함, 소박함, 겸손함, 또 집을 좋아하는 성격에 아주 기뻐했다.

She fed it with leaves, roots and worms, while watching ecstatically the movement of its little horned and ragged jaws.
그녀는 나뭇잎, 뿌리, 벌레를 거북에게 먹이로 주고, 거북의 작은 뿔이 나 있는 거칠거칠한 턱의 움직임을 넋을 잃고 바라보았다.

She experienced almost a feeling of maternity as she gently called the animal and chose for it the tenderest and sweetest herbs.

그녀는 엄마처럼, 다정한 목소리로 거북이를 부르고, 거북이에게 가장 부드럽고 가장 달콤한 풀을 골라 주었다.

Then the turtle became the presager of an idyl.

그러다가, 이 거북이로 인해 두 사람 간의 잔잔한 이야기가 시작되게 되었다.

The squire, on coming many times a day to the house, lingered on the loggia to chat with Anna.

하루에도 여러 번, 집에 찾아온 그 남자는 안나와 이야기를 하기 위해 로지아에서 서성거렸다.

Since he was a man of humble spirit, devout, prudent, and just, he enjoyed seeing the reflections of his pious virtues in the soul of the woman.

그는 겸손하고 독실하고 신중하고 정의로운 사람이었다. 그는 그녀의 영혼에서도 경건한 성품을 볼 수 있어서 좋아했다.

Hence, from habit there arose between the two, little by little, a friendly familiarity.

그런 식으로 지내던 두 사람 사이에는 조금씩 친근감이 생겼다.

Anna already had several white hairs on her temples, and a placid sincerity suffused her face.

안나의 관자놀이에는 이미 흰머리가 몇 가닥 나 있었고, 얼굴에는 차분한 성실함이 가득했다.

Zacchiele exceeded her in age by several years; he had a large head with bulging forehead and two gentle, round,

rabbit-like eyes.
자키엘레는 그녀보다 몇 살 더 많았다. 그는 이마가 튀어나온 커다란 머리에, 두 눈은 온화하고, 둥글며, 토끼 같은 눈을 하고 있었다.

During their soliloquies they sat for the most part on the loggia.
대화를 나누는 동안, 그들은 대부분 로지아에 앉아 있었다.

Above them, between the roofs, the sky seemed a transparent cupola, while at intervals the pet doves in their soarings traversed this patch of the heavens.
그들 위, 지붕 사이의 하늘은 투명한 둥근 지붕처럼 보였는데, 가끔 애완용 비둘기가 날아올라 지붕 사이 좁은 하늘을 가로질러 갔다.

Their conversations turned upon the harvests, the fruitfulness of the earth and simple rules for cultivation, and they were both full of experience and self-denial.
그들은 수확, 땅의 비옥함, 경작의 간단한 규칙에 대해 대화를 나누었으며, 둘다 경험도 자제심도 풍부한 사람들이었다.

Since Zacchiele loved at times, because of a natural diffident vanity, to make show of his knowledge before the ignorant and credulous woman, she conceived for him an unlimited esteem and admiration.
자키엘레는 수줍어하지만 허영심도 있어서, 배우지 못하고 뭐든 잘 믿는 여자 앞에서 가끔 자신의 지식을 보여주는 것을 좋아했기 때문에, 그녀는 그에 대한 무한한 존경심을 마음속에 품고 흠모하게 되었다.

She learned from him that the earth was divided into five races of men: the white, the yellow, the red, the black, and the brown.
그녀는 그에게서 지구가 백인, 황인, 적색인, 흑인, 갈색인의 다섯 인종으로 나누어져 있다는 사실을 알게되었다.

She learned that in form the earth was round, that Romulus and Remus were nourished by a wolf, and that in autumn the swallows flew over the sea to Egypt where the Pharaohs reigned in ancient times.
그녀는 지구의 형태가 둥글다는 것, 로물루스와 레무스가 늑대에게 길러지고, 가을에는 제비가 바다를 건너, 아주 먼 옛날에는, 파라오가 다스렸던 이집트로 날아간다는 것도 알게 되었다.

- But did not men all have one colour, in the image and semblance of God?
- 그런데, 사람들 모두가 하나님의 형상을 닮아 하나의 색을 가지고 있지 않다구요?

- How could we walk upon a ball?
- 어떻게 사람들이 둥근 것 위를 걸을 수 있죠?

- Who were the Pharaohs?
- 파라오는 누구죠?

She did not succeed in understanding and thus remained completely confused.
그녀는 이해하지 못했고 완전히 혼란에 빠지게 되었다.

However, after that she regarded the swallows with reverence and judged them to be birds gifted with human foresight.
하지만, 그때부터 그녀는 제비에게 경외감을 느끼게 되었으며 인간의 선견지명을 가진 새라고 판단했다.

One day Zacchiele showed her a copy of the Old Testament, illustrated with drawings.

어느 날, 자키엘레는 삽화가 있는 구약성경 사본을 그녀에게 보여 주었다.

Anna examined it slowly, listening to his explanations.
안나는 그의 설명을 들으면서 천천히 그것을 살펴보았다.

She saw Adam and Eve among the hares and fawns, Noah half nude kneeling before an altar, the three angels of Abraham, Moses rescued from the water; she saw with joy finally a Pharaoh, in the presence of the rod of Moses, changed into a serpent; the queen of Sheba, the feast of the Tabernacle, and the martyrdom of the Maccabees.
그녀는 토끼와 새끼 사슴 사이에 있는 아담과 이브, 제단 앞에 반쯤 나체로 무릎을 꿇고 있는 노아, 아브라함의 세 천사, 물에서 구출된 모세를 보았다. 그러다가 모세의 지팡이 앞에서 뱀으로 변한 파라오의 장면이 나오자 반가워하기도 했다. 또 시바의 여왕, 초막절, 마카 베오의 순교장면도 보았다.

The affair of Balaam's ass filled her with wonder and tenderness.
발람의 나귀사건이 나오자, 그녀는 경이로움과 애정이 가득 차서 바라보았다.

The story of the cup of Joseph in the sack of Benjamin caused her to burst into tears.
벤자민의 자루에 담긴 요셉의 잔 이야기에서, 그녀는 갑자기 눈물을 흘리기도 했다.

Now she imagined the Israelites walking through a desert all covered with quails, under a dew that was called manna and which was white like snow and sweeter than bread.
이제, 그녀는 이스라엘 사람들이 온통 메추라기로 가득 찬 광야를

가로질러, 만나라고 불리우는 눈처럼 희고 빵보다 더 달콤한 이슬
아래서 걷는 모습을 상상했다.

After the Sacred History, seized with a strange ambition,
Zacchiele began to read to her of the enterprises of the
kings of France with the Emperor Constantine up to the
time of Orlando, Count of Anglante.
성스러운 역사 이야기를 끝낸 후, 자키엘레는, 뜬금없이, 콘스탄틴
황제로부터 올랜도 시대의 앙글란테 백작까지 프랑스 왕들의 위업
에 대해 읽어주기 시작했다.

A great tumult then upset the woman's mind, the battles
of the Philistines and Syrians she confused with the
battles of the Saracens, Holofernes with Rizieri, King Saul
with King Mambrino, Eleazar with Balante, Naomi with
Galeana.
그러자, 여자는 심란해졌다. 필리스틴 사람들과 시리아 사람들과의
전투를 사라센과의 전투로, 홀로페르네스를 리지에리로, 사울 왕을
맘브리노 왕으로, 일레아자르를 발란테로, 나오미를 갈레아나로 혼
동했다.

Worn out she no longer followed the thread of the
narrative, but shivered only at intervals when she heard
fall from the lips of Zacchiele the sound of some beloved
name.
완전히 지친 그녀는 더 이상 이야기를 따라가지 않고, 자키엘레의
입술에서 자신도 알고 있는 사람들의 이름이 불릴 때만 가끔 몸을
떨었다.

And she had a strong liking for Dusolina and the Duke
of Bovetto, who seized all of England while becoming
enamoured of the daughter of the Frisian King.
그리고, 그녀는 영국 전체를 집어삼키고 프리지아 왕의 딸에게 매

료된 두솔리나와 보베토 공작을 특별히 좋아했다.

The first day of September came.
9월의 첫날이 왔다.

In the air, tempered with recent rain, was a placid autumnal clarity.
최근 내린 비로 더위가 한풀 꺾인 하늘은 평온한 가을의 청명함이 배어 있었다.

Anna's room became the spot for their readings.
안나의 방이 자키엘레가 그녀에게 책을 읽어 주는 곳이 되었다.

One day Zacchiele, seated, read "how Galeana, daughter of the King Galafro, became enamoured of Mainetto and wished to make him a garland of green."
어느 날, 자키엘레는 자리에 앉아, 갈라프로 왕의 딸, 갈레아나가 어떻게 마이네토에게 반하고 되고, 또 어떻게 그가 자신의 배우자가 되기를 원하게 되었는지를 읽어 주었다.

Anna, because the fable seemed simple and rustic, and because the voice of the reader seemed to sweeten with new inflections, listened with evident eagerness.
안나는, 그 이야기가 단순하고 소박해 보였고, 읽어 주는 사람의 목소리의 음조가 새로워서 달콤하게 느껴졌기 때문에 아주 열심히 귀를 기울였다.

The turtle gently dragged itself over several leaves of lettuce, the sun illumined a great spider's web upon the window, and one saw the last red flowers of the tobacco plant through the subtle threads of gold.
거북이는 상추 잎사귀들 위로 조심스럽게 느릿느릿 몸을 움직였고, 태양은 창문에 커다란 거미줄을 비추었으며, 미세한 황금색 거미줄

사이로 담배의 마지막 붉은 꽃이 보였다.

When the chapter was finished Zacchiele laid aside the book, and, gazing at the woman, smiled with one of those simple smiles of his, which had a way of wrinkling his temples and the corners of his mouth.
챕터를 끝내자, 자키엘레는 책을 밀어놓고, 여자를 바라보며, 늘 그렇듯이 관자놀이와 입가를 찡그리며 천진난만하게 미소를 지었다.

Then he began to speak to her vaguely, with the timidity of one who does not quite know how to arrive at the desired point.
그리고 나서, 그는 원하는 바에 이르는 방법을 잘 모르는 사람처럼, 소심하고 애매하게 말을 시작했다.

Finally he was filled with ardour.
마침내, 열정이 가득해 그가 말했다.

- Had she never thought of matrimony?
- 결혼에 대해 생각해 본 적이 없었나요?

Anna did not reply to this question.
안나는 대답하지 않았다.

Both remained silent and both felt in their souls a confused sweetness, almost an astonished reawakening of buried youth and a reclaiming of love.
둘 다 말이 없어졌다. 그들의 영혼은 혼란스러운 달콤함을 느꼈다. 놀랍게도 매몰된 젊음이 깨어나고 사랑이 되돌아오는 듯했다.

They were excited by it as if the fumes of a very strong wine had mounted to their weakened brains.
아주 센 술기운이 쇠약해진 머리까지 올라오는 것처럼, 그들의 마음은 흔들렸다.

VIII

But a tacit promise of marriage was given many days later,
in October, at the first birth of the oil in the olive, and at
the last migration of the swallows.

그러나, 결혼에 대한 암묵적인 약속은, 여러 날 후인 10월, 올리브
에서 처음 기름이 나오고 제비들이 마지막으로 떠날 때 주어졌다.

With Donna Cristina's permission, one Monday Zacchiele
took Anna to the factory on the hills where his mill was
located.

어느 월요일, 자키엘레는 도나 크리스티나의 허락을 받고, 자신의
방앗간이 있는 언덕 위의 농장으로 안나를 데려갔다.

They left by the Portasale, on foot, took the Salaria road,
turning their backs on the river.

그들은 도보로 포르타살레를 떠나, 강을 등지고 살라리아 대로를
따라갔다.

From the day of the fable of Galeana and Mainetto, they
had experienced, the one toward the other, a kind of
trepidation, a mixture of bashful timidity and respect.

갈레아나와 마이네토의 이야기가 있었던 날 이래로, 그들은 서로를
향해 일종의 두려움과 부끄러워 하는 소심함과 존경심을 함께 느꼈
다.

They had lost that beautiful familiarity of previous
times; now they spoke seldom together and always with
a hesitating reserve, avoiding each other's face, with
uncertain smiles, becoming confused at times through a
sudden blush, dallying thus with timid, childish acts of

innocence.

그들에게 이전의 아름다운 친근감이 사라졌다. 이제 그들은 함께 이야기하는 경우가 드물었고, 항상 주저하고 속마음을 드러내지 않으면서 서로 얼굴을 피하고, 불확실한 미소를 지으며, 때로는 갑자기 얼굴을 붉히며 혼란스러워하고, 소심하고 순진한 행동을 유치하게 하면서 우물쭈물하고 있었다.

They walked in silence, at first, each following the dry and narrow path which the footsteps of travellers had marked on both sides of the road, and between them ran the road, muddy and indented with deep ruts from the wheels of vehicles.

처음에 그들은 사람들의 발자취가 길 양쪽으로 나 있는 바싹 마르고 좁은 부분을 따라 말없이 걸었고, 그들 사이에는 진흙투성이에다가 자동차 바퀴의 깊은 자국들로 옴폭 파인 길이 이어지고 있었다.

The unrestrained joy of the vintage filled the country; the songs at the crushing of the wine resounded over the plain.

포도 수확으로 온 마을에는 기쁨이 넘쳤다. 새 포도주를 만드는 노래가 평원에 울려 퍼졌다.

Zacchiele kept slightly in the rear, breaking the silence from time to time with some remark on the weather, the vines, the harvest of olives, while Anna examined curiously all of the bushes flaming with berries, the tilled fields, the water in the ditches; and, little by little, a vague joy was born in her soul, like one who, after a long period of fasting, is rejoiced by pleasant sensations experienced long ago.

약간 뒤에서 따라가던 자키엘레가, 날씨, 포도나무, 올리브 수확에 대한 얘기로 이따금 침묵을 깼으며, 안나는 산딸기로 불이 붙은 듯한 모든 덤불, 땅을 갈아엎은 들판, 도랑에 흐르는 물을 신기한 듯 이 바라보았다. 또한, 오랜 단식 후에 오래전에 경험했던 즐거운 감 각들로 즐거워하는 사람처럼 조금씩 그녀의 영혼에 희미한 기쁨이 생겨났다.

As the road took a turn up the declivity through the rich olive orchards of Cardirusso, clearly arose to her mind the remembrance of Saint Apollinare and the ass and the keeper of the herds.

카르디루소의 풍부한 올리브 과수원을 가로지르는 경사로에 이르 자, 산타폴리나레와 당나귀와 가축을 치던 사람에 대한 기억이 그 녀에게 또렷하게 떠올랐다.

She felt her blood suddenly surge toward her heart.

그녀는 갑자기 피가 심장 쪽으로 솟구치는 것을 느꼈다.

That episode, buried with her youth, now revived in her memory with a marvellous clearness; a picture of the place formed itself before her mind's eye and she saw again the man with the hare-lip and again heard his voice, while experiencing a new confusion without knowing why.

그녀의 젊음과 함께 묻힌 그 사건은 이제 그녀의 기억 속에 놀랍도 록 선명하게 되살아났다. 그 장소가 생생하게 그녀의 마음의 눈앞 에 펼쳐졌고, 토끼 입술을 한 남자가 다시 보였고, 그의 목소리도 다시 들렸지만, 이유도 모른 채 다시 혼란스러워졌다.

As they approached the factory the wind among the trees caused the mature olives to fall and a patch of serene sea was revealed from the heights.

농장 쪽으로 가는 길에, 나무 사이로 불어오는 바람으로 다 익은 올 리브들은 땅에 떨어져 있었고 언덕에서는 고요한 바다가 조금 보였 다.

Zacchiele had moved to the side of the woman and was looking at her from time to time with a pious supplicating tenderness.

자키엘레는 그 여자의 옆으로 가서 이따금 그녀를 경건하고 간절한 애정을 가지고 바라보았다.

- What was she thinking of now?
- 그녀는 그때 무슨 생각을 했을까?

Anna turned with an air almost of fright, as if she had been caught in a sin.

안나는 마치 죄를 짓다 걸린 것처럼 깜짝 놀라 몸을 돌렸다.

- She was thinking of nothing.
- 사실 그녀는 아무것도 생각하고 있지 않았다.

They arrived at the mill where the farmers were crushing the first harvest of olives fallen prematurely from the trees.

그들은 농부들이 나무에서 일찍 떨어져 첫 번째로 수확한 올리브 열매들을 으스러뜨리고 있는 방앗간에 도착했다.

The room for the crushing was low and dimly lighted; from the ceiling sparkling with saltpetre hung lanterns of brass which smoked; a cart-horse, blindfolded, turned with even steps an immense mill-stone; and the farmers, clothed in a kind of long tunic similar to a sack, with legs and arms bare, muscular and oily, were pouring the liquid into jugs, jars and vats.

방앗간은 낮고 어둑했다. 초석으로 반짝이는 천장의 놋쇠 등불에서는 연기가 피어 오르고 있었고, 수레를 끄는 말은 눈가리개를 한 채 일정한 걸음으로 거대한 맷돌을 돌리고 있었다. 농부들은 자루 비숫한 헐렁한 웃옷을 걸친 채, 기름이 번들거리는 근육질의 팔과 다리를 드러내놓고, 주전자, 항아리, 큰 통에 액체를 부었다.

Anna watched the work attentively, and as Zacchiele gave orders to the workers and wound in and out among the machines, observing the quality of the olives with great decision of judgment, she felt her admiration for him increase.

안나는 그들이 하는 일을 유심히 지켜보았고, 일꾼들에게 명령을 내리고 기계들 사이를 왔다 갔다 하며 올리브를 관찰해서 품질을 정확히 판단하는 자키엘레를 지켜보면서, 그에 대한 존경심이 커져만 가는 것을 느꼈다.

Later, as Zacchiele standing before her took up a great brimful pitcher and on pouring the oil, so pure and luminous, into a vat, spoke of God's abundance, she made the sign of the cross, quite overwhelmed with veneration for the richness of the soil.

이어, 자키엘레가 그녀 앞에 서서 기름이 가득 담긴 큰 항아리를 들고 그토록 순수하고 빛나는 기름을 큰 통에 부으면서 하나님의 풍요로움에 대하여 말하자, 그녀는 대지의 풍성함에 대한 외경심으로 성호를 그었다.

There came at length to the door two women of the factory, and each held at her breast a nursing child and dragged at her skirts a luxuriant group of children.

한참 있다가, 농장 여자 두 명이 각각 가슴엔 젖먹이들을 안고 치마에 매달린 여러 명의 아이들을 데리고 문 쪽으로 다가왔다.

They fell to conversing placidly, and, while Anna tried to caress the children, each talked of her own fertility, and with an honest frankness of speech told of her various deliverances.

그들은 스스럼없이 대화를 시작했고, 안나가 아이들에게 손을 뻗어 쓰다듬으려 하자, 여자들은 서로 임신 얘기를 하면서, 꾸밈없이 솔직한 말로 여러 번 출산했던 경험에 관해 이야기를 했다.

The first had had seven children; the second eleven.
첫 번째 여자는 7명을 낳았고, 두 번째 여자는 11명을 낳았다.

It was the will of Jesus Christ, for working people were needed.
그건 예수 그리스도의 뜻이었다, 일하는 사람들이 필요했기 때문이었다.

Then the conversation turned upon familiar matters.
그러더니, 대화 주제는 익숙한 문제들로 바뀌었다.

Albarosa, one of the mothers, asked Anna many questions.
어머니 중 한 명인 알바로사가 안나에게 많은 것을 물었다.

Had she never had any children?
애는 없나요?

Anna, in answering that she was not married, experienced for the first time a kind of humiliation and grief, before that chaste and powerful maternity.
곧 순결하고 강한 어머니가 될 안나는 결혼하지 않았다고 대답하면서, 처음으로 약간 창피하면서도 서러웠다.

Then, changing the subject of their discourse, she rested her hand on the nearest child.
그러다가, 대화 주제를 바꾸면서 안나는 가장 가까운 아이에게 손을 올려놓았다.

The others looked on with wide-open eyes that seemed

to have acquired a limpid, vegetable colour from the continuous sight of green things.
다른 사람들은 온통 푸른 것들 중에 뭔가 확실한 것을 발견하기라도 한 듯이, 야채들의 색깔을 눈을 크게 뜨고 바라보았다.

The odour of the crushed olives floated in the air, penetrating the throat and exciting the palate.
으깬 올리브의 냄새가 공중에 퍼졌고, 목구멍 너머로 들어가 미각을 자극했다.

The groups of workers appeared and disappeared under the red light of the lamps.
램프의 붉은 불빛에서는 일꾼들이 떼를 지어서 나타났다 사라지는 것이 보였다.

Zacchiele, who up to that moment had been watching carefully the measuring of the oil, approached the women.
그때까지 기름의 양을 주의 깊게 지켜보고 있던 자키엘레가 여자들에게 다가왔다.

Albarosa welcomed him with a merry expression.
알바로사는 쾌활한 표정으로 그를 반겼다.

"How long were they to wait for Don Zacchiele to take a wife?"
"얼마나 기다려야 돈 자키엘레가 아내를 맞이할까요?"

Zacchiele smiled, slightly confused by this question, and gave a stealthy glance at Anna who was still caressing the rustic child and feigning not to have heard.
자키엘레는 이 질문에 약간 당황해서 미소를 지으며, 못 들은 척하면서 꾀죄죄한 아이를 쓰다듬고 있는 안나를 몰래 쳐다보았다.

Albarosa, through a kindly pleasantry, characteristic of the peasant, embracing Anna and Zacchiele significantly with a wink of her bovine eyes, pursued her comment.
시골 사람 특유의 다정한 유쾌함으로, 알바로사는 소처럼 생긴 눈을 껌벅이며, 안나와 자키엘레를 보란 듯이 끌어안으며 말을 이어 나갔다.

"You are a couple blessed by God."
"당신들은 하나님의 축복을 받은 사람들이에요."

"Why are you delaying?"
"대체 왜 미루고 있는 건가요?"

The farmers, having suspended their work to attend to their meal, made a circle around them.
밥을 먹으려고 하던 일을 멈춘 농부들이 그들을 둘러싸고 있었다.

The couple, even more confused by these witnesses, remained silent in an attitude bordering between tremulous smiles and shame-faced modesty.
이렇게 사람들이 지켜보자 더욱 난감해하는 자키엘레와 안나는 떨리는 미소를 짓기도 하고 부끄러운 듯 얌전한 태도를 취하기도 하면서 말없이 조용히 서 있었다.

One of the youths among the onlookers, inspired by the affectionate compunctions in the face of Don Zacchiele, nudged his companions with his elbows.
지켜보던 사람들 중에 한 젊은이가 돈 자키엘레 얼굴의 다정한 표정을 알아차리고 친구들을 팔꿈치로 쿡 찔렀다.

The hungry horse neighed.
배고픈 말이 히이잉 하고 울었다.

The meal was prepared.
식사가 차려졌다.

A strenuous activity invaded the large rustic family.
그곳에 모인 많은 사람들은 먹느라 정신이 없었다.

In the yard, in the open air, among the peaceful olives and within sight of the sea beneath, the men sat at their meal.
정원에서, 집 밖에서, 평화로운 올리브 나무들 사이에서, 그리고 아래 바다가 보이는 곳에서 남자들이 앉아서 식사하고 있었다.

The plates of vegetables, seasoned with fresh oil, smoked; the wine scintillated in the simple vases of liturgical shape, while the frugal food disappeared rapidly into the stomachs of the workers.
신선한 기름으로 절인 야채 접시에서는 연기처럼 김이 올라오고 있었으며, 포도주는 예식용 소박한 꽃병에서 반짝거리고 있었고, 간소하게 차린 음식들은 일꾼들의 뱃속으로 빠르게 사라졌다.

Anna now felt herself filled by a tumult of joy, and she seemed suddenly almost united by a kind of friendly domesticity with the two women.
안나는 즐거운 야단법석으로 자신이 채워지는 듯한 느낌이 들었으며, 갑자기 두 여자와는 잘 알고 지내는 가족같이 거의 하나가 된 것 같았다.

They took her into their houses where the rooms were large and light, although very old.
그들은 그녀를 매우 낡긴 했지만 넓고 밝은 방들이 있는 집으로 데려갔다.

On the walls sacred images alternated with pasqual palms; joints of pork hung from the rafters; the posts, ample and very high, rose from the pavement with cradles beside them; from all emanated the serenity of family concord.
벽에는 성상들이 부활절 종려나무와 번갈아 등장하고, 서까래에는 돼지를 매듭으로 엮어서 매달아 놓았으며, 널찍하고 매우 높은 기둥들은 요람들이 놓여있는 바닥으로부터 높이 솟아 있었다. 이 모든 것들로부터 화목한 집안의 평온함이 뿜어져 나오는 듯했다.

Anna, beholding these arrangements, smiled timidly at some inward sweetness, and at a certain point was seized by a strange emotion, almost as if all of her latent virtues of the domestic mother and her instincts to succour had escaped and suddenly risen up.
이런 모습들을 지켜보면서, 안나는 어떤 내적인 감미로움 같은 것이 느껴져서 살짝 미소를 지었고, 어느 순간, 그녀의 곁으로 드러나지 않았던 가정적인 어머니 같은 모든 덕목과 도움을 주고자하는 본능이 발동해 갑자기 치솟아 오르는 듯한 이상한 감정에 사로잡히게 되었다.

When the women descended again to the yard, the men still remained around the table and Zacchiele was talking to them.
여자들이 다시 마당으로 내려갔을 때에도, 남자들은 여전히 테이블 주위에 남아 있었고 자키엘레는 그들과 이야기하고 있었다.

Albarosa took a small loaf of corn-bread, divided it in the middle, spread it with oil and salt, and offered it to Anna.
알바로사는 작은 옥수수빵 한 덩어리를 가져다가 가운데를 잘라서 기름과 소금을 발라 안나에게 주었다.

The fresh oil, just pressed from the fruit, diffused in the mouth a savoury, sharp aroma, and Anna, allured, ate all

of the bread.
과일에서 방금 짜낸 신선한 기름의 고소하고 날카로운 향이 입안에 퍼져, 안나는 빵을 다 먹었다.

She even drank the wine.
심지어 와인도 마셨다.

Then as the evening was falling, she and Zacchiele began the descent of the hill on their return.
저녁이 되자, 그녀와 자키엘레는 돌아가는 길에 언덕을 내려가기 시작했다.

Behind them the farmers were singing.
그들 뒤에서는 농부들이 노래를 부르고 있었다.

Many other songs arose from the fields and pervaded the evening air with the soft fullness of a Gregorian chant.
다른 많은 노래가 들판에서 들렸고, 그레고리오 성가의 부드러운 충만함이 저녁 공기 속으로 스며들었다.

The wind blew moistly through the olive trees, a dying splendour between rose and violet suffused the sky.
바람은 올리브 나무 사이로 촉촉하게 불었고, 붉은색과 보라색 사이의 사라져 가는 광채가 하늘에 번졌다.

Anna walked in front with swift steps, grazing the tree-trunks.
안나는 나무 둥치에 살짝살짝 부딪혀가며 빠르게 앞으로 걸어갔다.

Zacchiele called the woman by name; she turned to him humbly and palpitatingly.
자키엘레가 그녀의 이름을 부르자, 그녀는 떨리는 가슴으로 공손하게 몸을 돌렸다.

- What did he wish?
- 그는 무엇을 바랬을까?

Zacchiele said no more; he took two steps and arrived at her side.
자키엘레는 더 말이 없었다. 그는 두 걸음 정도 걸어 그녀의 곁으로 다가왔다.

Thus they continued their walk, in silence, until the Salaria road no longer divided them.
그렇게 해서 그들은 살라리아 대로를 따라 함께 말없이 계속 걸어 갔다.

As in going, each had taken the marginal road, on the right and left.
갈 때처럼, 그들은 각각 길의 오른쪽과 왼쪽으로 걸어갔다.

At length they re-entered the Portasale.
그렇게 그들은 포르타살레로 다시 돌아왔다.

IX

Through a native irresolution Anna continually deferred her matrimony.
안나는 천성적인 우유부단함으로 계속해서 결혼을 연기했다.

Religious doubts tormented her.
종교적인 의심이 그녀를 괴롭혔다.

She had heard it said that only virgins would be admitted to the circle around the mother of God in Paradise.
그녀는 오직 처녀들만이 낙원에 계시는 성모를 모실 수 있다는 이야기를 들었다.

What then?
그럼, 어떻게 해야 할까?

Must she renounce that celestial sweetness for an earthly blessing?
그녀는 세속의 축복을 위해 하늘의 감미로움을 포기해야 할까?

An ardour for devotion even more compelling seized her.
헌신에 대한 열정이 훨씬 더 강렬하게 그녀를 사로잡았다.

In all of her unoccupied hours she went to the church of the Rosario; knelt before the great confessional of oak and remained motionless in the attitude of prayer.
그녀는 시간이 비면 언제나 로사리오 교회에 갔다. 떡갈나무 고해실 앞에 무릎을 꿇고 기도하는 자세로 움직이지 않았다.

The church was simple and poor; the pavement was covered with mortuary stones and a single shabby metal lamp burned before the altar.
교회는 소박하고 가난했다. 바닥엔 비석이 깔려 있었고, 초라한 금속 램프 하나가 제단 앞에서 타고 있었다.

The woman mourned inwardly for the pomp of her basilica, the solemnity of the ceremonies, the eleven lamps of silver, the three altars of precious marbles.
그녀는 자신이 속한 교회의 화려함, 예식의 엄숙함, 은으로 된 11개의 램프, 귀한 구슬로 된 세 개의 제단을 마음속으로 슬퍼하였다.

But in Holy Week of the year 1857 a great event happened.
그러나 1857년 성주간에 커다란 사건이 벌어졌다.

Between the Confraternity commanded by Don Fileno
d'Amelio and the Abbot Cennamele, who was aided by the
parochial satellites, broke out a war; and the cause of it
was a dispute about the procession of the dead Jesus.
돈 필레노 다멜리오가 지휘하는 신심회와 교구 위성 조직들의 지원
을 받은 수도원장 센나멜레 사이에 전쟁이 발발했다. 원인은 돌아
가신 예수의 행렬에 대한 논쟁이었다.

Don Fileno wished this ostentation, furnished by the
congregation, to issue from the parochial church.
돈 필레노는 교구민들이 제공한 이번 행렬이 교구 교회에서 나오기
를 원했다.

The war attracted and enveloped all of the citizens as
well as the militia of the King of Naples, residing in the
fortress.
전쟁은, 요새에 상주하는 나폴리 왕의 민병대뿐만 아니라, 모든 시
민을 끌어들였으며, 모든 이들이 참전하게 하였다.

Popular tumult arose, the roads were occupied by
assemblies of fanatical people, armed platoons went
around to suppress disorders, the Archbishop of Chieti
was besieged by innumerable messages from both parties;
much money for corruption was spent everywhere and a
murmur of mysterious plots spread throughout the city.
사람들은 소동을 벌이고, 광신도들의 집회가 도로를 점거했으며,
무장한 군인들이 난동을 진압하기 위해 돌아다녔고, 키에티의 대주
교에게는 양측이 보낸 수많은 전갈이 빗발쳤다. 모든 곳에서 부패
한 자금이 횡행했고, 도시 전역에서 사람들은 말도 안되는 음모에
대해서 소곤거렸다.

The house of Donna Cristina Basile was the hearth of all

the dissensions.
도나 크리스티나 바질레의 집에서도 이런 분쟁이 뜨겁게 타오르고
있었다.

Don Fiore Ussorio shone for his wonderful stratagems and
his boldness in these days of struggle.
돈 피오레 웃소리오는 요즘 논쟁에서 놀라운 전략과 대담함으로 빛
을 발했지만,

Don Paolo Nervegna had a great effusion of bile.
돈 파올로 네르베냐는 속으로 쓴 물을 많이 삼켰다.

Don Ignazio Cespa exercised, to no purpose, all of his
conciliative blandishments and mellifluous smiles.
돈 이그나치오 체스파는 쓸데없이 달래는 듯한 감언이설을 늘어놓
으며 사람 좋은 미소만 지어 보였다.

The victory was fought for with an implacable violence up
to the ritualistic hour for the funeral ostentation.
승리를 위해서는 장례식 행렬 의식이 진행되는 동안에도 무자비한
폭력이 행해졌다.

The people fermented with expectation; the captain of the
militia, a partisan of the abbey, threatened punishment to
the instigators of the Confraternity.
사람들은 기대감에 부풀어 올라 있었지만, 수도원 쪽을 지지하는
민병대 대장은 신심회 선동자들을 처벌하겠다고 위협을 했다.

Revolt was on the point of breaking forth.
일촉즉발의 상황이었다.

When, lo, there arrived at the square a mounted soldier,
bearer of an episcopal message, that gave the victory to

the congregation.
아! 말을 타고 광장에 도착한 병사가 전한 주교의 전갈로 교구민들이 승리하게 되었다.

The ostentation then passed with rare magnificence through the streets scattered with flowers.
이후, 보기 드물게 웅장한 행렬이 꽃이 흩뿌려진 거리를 통과해 지나갔다.

A chorus of fifty child voices sang the hymn of the Passion and ten censers filled the entire city with the smell of incense.
50명의 어린이 합창단이 예수 수난 찬송가를 불렀고 10개의 향로가 도시 전체를 향냄새로 가득 채웠다.

The canopies, the standards, the tapers, which made up this new display, filled the bystanders with wonder.
차양들, 깃발들, 양초들로 구성된 처음 본 광경에 사람들은 놀라움에 가득 찼다.

The Abbot, although discomfited, did not intervene, and in his place Don Pasquale Carabba, the Great Coadjutor, clothed in ample vestments, followed with much solemnity the bier of Jesus.
경쟁에서 패배한 수도원장은 행렬에 참여하지 않았고, 그 대신에 대부주교인 돈 파스쿠알레 카라바가 치수가 넉넉한 복장을 하고 아주 엄숙하게 예수의 상여를 뒤따랐다.

Anna, during the contest, had made offerings for the victory of the Abbot.
경쟁하는 동안 안나는 수도원장의 승리를 위해 제물을 바쳤다.

But the sumptuousness of this ceremony blinded her; a

kind of rapture overcame her at the spectacle, and she felt gratitude even toward Don Fiore Ussorio, who passed bearing in his hand an immense taper.

그러나 이 의식의 화려함은 그녀의 눈을 멀게 했다. 그 광경을 보자 그녀는 일종의 황홀경에 빠지게 되었고, 손에 엄청나게 큰 양초를 들고 지나가는 돈 피오레 웃소리오에게 감사함이 느껴질 정도였다.

Then as the last band of celebrators arrived before her, she mingled with the fanatical crowd of men, women and children and thus moved along as if scarcely touching the earth, while always holding her eyes fixed on the surmounting wreath of the Mater Dolorosa.

그러다가, 마지막 축하 무리가 그녀 앞에 도착해서, 남자, 여자, 어린아이들 할 것 없이 흥분한 사람들과 뒤섞여 움직일 때는 거의 발에 땅이 닿지 않는 듯하였다. 그러면서도, 그녀의 눈은 언제나 슬픔에 잠긴 성모상의 위에 얹힌 화환만 바라보고 있었다.

On high, from one balcony to another, were stretched, consecutively, illustrious flags; from the houses of the stewards hung rude figures of lambs fashioned from corn, while at intervals, where three or four streets met, lighted brasiers spread fumes of aromatics.

하늘 높이, 이 발코니에서 저 발코니로 깃발들이 위풍당당하게 연속적으로 걸려 있었고, 청지기의 집에서는 옥수수로 양을 닮은 민망한 모습을 만들어 걸어두었으며, 3~4개의 거리가 만나는 곳에 드문드문 있는 불붙은 화로에서는 향기로운 연기가 퍼져나갔다.

The procession did not pass under the windows of the Abbot.

행렬은 수도원장의 창문 아래로는 지나가지 않았다.

From time to time a kind of irregular fluctuation ran the length of the line, as if the band of standard-bearers had

encountered an obstacle.
이따금, 기수들의 무리가 장애물을 만나기도 한 듯, 행렬이 불규칙
하게 이리저리 움직였다.

The cause of it was a struggle between the bearer of the
Crucifix of the Confraternity and the lieutenant of the
militia, both having received the command to follow a
different route.
그 이유는, 신심회 십자가를 지고 있는 사람과 민병대 중위가 서로
다른 길을 가라는 명령을 받아서 서로 다퉜기 때문이었다.

Since the lieutenant could not use violence without
committing sacrilege, the Crucifix conquered.
중위가 폭력을 쓰면 신성모독이 되기 때문에, 십자가가 이기는 꼴
이었다.

The Congregation exulted, the Commanding General
burned with wrath, and the people were filled with
curiosity.
교구민들은 기뻐했고, 사령관은 분노로 타올랐으며, 사람들은 호기
심에 가득 찼다.

When the ostentation, in the vicinity of the Arsenale,
turned again to enter the church of Saint John, Anna took
an oblique path and in a few steps reached the main door.
아르세날레 근처에서 행렬이 다시 돌아, 성 요한 교회로 들어가려
고 할 때, 안나는 사선으로 나 있는 길을 따라 몇 걸음 만에 정문에
도착했다.

She kneeled.
그녀는 무릎을 꿇었다.

First there arrived before her a man bearing the enormous

cross, while the standard-bearers followed him, balancing very tall banners on their foreheads or chins, and gesticulating with a clever play of muscles.

거대한 십자가를 지고 있는 남자가 그녀 앞에 먼저 도착했고, 기수들이 이마나 턱으로 아주 긴 깃발의 균형을 잡으며 요령 있게 근육을 쓰면서 그를 따랐다.

Then, almost in the centre of a cloud of incense, came the other bands, the angelic choruses, men in cassocks, the virgins, the gentlemen, the clerics, the militias.

그러다가 향이 구름처럼 올라오는 곳의 거의 중앙으로, 다른 무리들, 천사 같은 합창단, 성직자 복장을 한 남자들, 처녀들, 신사들, 성직자들, 민병대들이 도착했다.

The sight was grand.

그 모습은 웅장했다.

A kind of mystic terror seized the soul of the woman.

일종의 신비한 공포가 그녀의 영혼을 사로잡았다.

There advanced in the vestibule, according to custom, an acolyte carrying a large silver plate for receiving tapers.

관례에 따라 양초를 받기 위해 커다란 은 접시를 들고 있는 복사가 현관으로 들어왔다.

Anna watched.

안나는 계속 지켜보았다.

Then it was that the Commander, crunching between his teeth bitter words for the Confraternity, threw his taper violently upon the plate and turned his back with a threatening shrug.

그러더니, 사령관은 불쾌한 듯 신심회에 대한 쓴소리들을 쏘아붙이

며, 접시에 자신의 양초를 난폭하게 던져버리고 위협적으로 어깨를
으쓱거리며 등을 돌렸다.

All remained dumbfounded.
모든 사람들이 너무 놀라서 말을 하지 못했다.

And in the sudden silence one heard the clash of the
sword of the officer as he left the church.
갑작스러운 고요 속에서, 교회를 나가는 사령관의 칼이 부딪치는
소리가 들렸다.

Don Fiore Ussorio only had the temerity to smile.
그럴 때 웃을 수 있는 사람은 돈 피오레 웃소리오 밖에는 없었다.

X

For a long time these deeds aroused the vocal activity of the citizens and were a cause for quarrels.

오랫동안, 이러한 행동은 사람들의 구설수를 낳고 언쟁을 초래하는 원인이었다.

As Anna had been a witness of the last scene, several came to her to get the facts.

안나가 마지막 장면을 목격하였기 때문에 서너 사람이 사실을 알기 위해 그녀를 찾아왔다.

She recounted her story with patience, and always in the same way.

그녀는 인내심을 가지고 항상 같은 방식으로 이야기를 들려주었다.

Her life from now on was entirely expended in religious practices, domestic duties, and in loving ministrations for her turtle.

그때부터, 그녀는 종교적 관례, 가사일, 거북을 사랑으로 보살피는 것에만 온 정성을 쏟았다.

At the first signs of spring, it awoke from its condition of lethargy.

봄이 오는 징후를 보이자, 거북은 겨울잠에서 깨어났다.

One day, unexpectedly, it unsheathed from its shield the serpentine head and swung it weakly, while its feet remained in torpor.
어느 날, 예상치도 못하게, 거북은, 발은 여전히 동면상태로, 껍질로부터 뱀 같은 머리를 뽑아 들더니 약하게 흔들었다.

The little eyes were half covered with the eyelids.
작은 눈은 눈꺼풀로 반쯤 덮여있었다.

The animal, perhaps no longer conscious of being a captive, pushed by the need to find food, as in the sand of its native wood, moved at length with a lazy and uncertain effort, while feeling the ground with its feet.
거북은 아마도 이젠 움직일 수 있다는 것을 인지하자, 자신이 태어난 숲의 모래에서처럼, 먹을 것을 찾아야 하는 본능에 이끌려, 발로 땅을 느끼면서, 드디어 천천히 힘을 쓰면서 불안하게 움직였다.

Anna, in the presence of this reawakening, was filled with an ineffable tenderness, and looked on with eyes wet with tears.
거북이 이렇게 다시 깨어나자, 안나는 이루 말할 수 없는 사랑을 느껴 눈물 젖은 눈으로 바라보았다.

Then she took the turtle, laid it upon her bed, and offered it some green leaves.
그러다가, 그녀가 거북을 침대 위에 놓고 푸른 잎사귀들을 주자,

The turtle hesitated to touch the leaves, and in opening its jaws showed its fleshy tongue, like that of a parrot.
거북은 잎사귀에 닿는 것을 망설이더니, 턱을 벌려 앵무새 같은 두꺼운 혀를 내밀었다.

The covering of the neck and claws seemed to be the flaccid and yellowish membrane of a dead body.
목과 발톱에는, 시체처럼, 탄력 없고 누르스름한 막같은 것이 덮고 있었다.

The woman, at this sight, felt herself overcome with a great tenderness; and to restore her beloved she caressed it as would a mother a convalescent child.
이것을 보자, 그녀는 측은지심을 느껴, 사랑하는 거북을 회복시키기 위해, 마치 회복 중인 아이의 엄마처럼 어루만져 주었다.

She greased with sweet oil the bony shield, and as the sun beat down upon it the polished sections shone with beauty.
그녀는 뼈처럼 딱딱한 껍질에 향긋한 기름칠을 했다. 태양이 내리쬐자 닦아낸 부분이 아름답게 빛났다.

Among such cares passed the months of spring.
그렇게 돌보면서 봄이 지나갔다.

But Zacchiele, counselled by the spring season to greater pursuit of love, beset the woman with such tender supplications that he had at last from her a solemn promise.
그러나, 봄철에 바짝 더 사랑을 구해야 한다는 주변 사람들 말을 듣고, 자키엘레는 그녀에게 부드럽게 조르며 압박해서, 마침내 그녀로부터 엄숙한 약속을 받아냈다.

The nuptials should be celebrated the day preceding the nativity of Christ.
결혼식은 그리스도 탄생 전날에 거행하기로 했다.

Then the idyl reblossomed.

그러다가, 두 사람 간의 이야기가 다시 꽃을 피웠다.

While Anna attended to her needlework for her trousseau, Zacchiele read in a loud voice the story of the New Testament.
안나가 혼숫감에 바느질을 하는 동안, 자키엘레는 큰 소리로 신약 성경 이야기를 읽었다.

The marriage at Cana, the miracles of the Redeemer, the dead of Nain, the multiplication of the loaves and fishes, the liberation of the daughter of Cainan, the ten lepers, the blind-born, the resurrection of the Nazarene, all of those miraculous narrations ravished the soul of the woman.
카나에서의 결혼, 구주의 기적들, 나인의 죽음, 더 많아진 떡과 물고기들, 카이난의 딸의 해방, 10명의 문둥이들, 눈이 멀게 태어난 사람, 예수의 부활, 그가 읽어주는 이 모든 기적 같은 일들이 그녀의 영혼을 사로잡았다.

And she pondered long on Jesus who entered into Jerusalem riding on an ass, while the people spread in His path their garments and waved palms.
또한 그녀는 예수가 나귀를 타고 예루살렘에 입성할 때, 사람들이 자신의 옷을 그가 오시는 길에 깔고 종려나무를 흔들었던 것을 오랫동안 곰곰이 생각하였다.

In the room, the herb of thyme shed odour from an earthen vase.
방에서는 흙으로 만든 화병 속의 백리향이 향기를 내뿜고 있었다.

The turtle came sometimes to the seamstress and caught in its mouth the hem of the cloth, or chewed the leather of her shoe.

거북은 때때로 바느질을 하는 그녀에게 와서 옷자락을 입에 물거나 신발 가죽을 씹었다.

One day Zacchiele, while reading the parable of the Prodigal Son, feeling suddenly something soft under his feet, through an involuntary motion of fright, gave a kick, and the turtle, struck against the wall, fell back upside down.

어느 날, 자키엘레가 탕자의 우화를 읽다가, 갑자기 발아래에서 뭔가 부드러운 것이 느껴져서, 무의식적으로 놀라서 발로 차서 봤더니, 거북이가 벽에 부딪혀 뒤집혀 있었다.

Its dorsal shell burst in many places, while a little blood appeared on one of its claws, which the animal waved fruitlessly in an effort to regain its correct position.

등 껍데기가 여러 곳이 터져 나갔고, 발톱 중 하나에는 피가 약간 났으며, 거북이는 다시 곧바로 자세를 잡기 위해 발을 헛되이 흔들고 있었다.

In spite of the fact that the unhappy lover showed himself contrite and even inconsolable, Anna, after that day, locked herself in a kind of diffident severity, scarcely spoke, and no longer wished to hear his reading.

놀란 자키엘레가 깊이 뉘우치면서 가슴 아파했지만, 안나는 그날 이후 주눅이 들고 까탈스러워져서 마음을 닫고 거의 말을 하지 않았으며, 더 이상 그의 낭독을 듣고 싶어 하지 않았다.

And thus the Prodigal Son was left forever under the trees with the acorns to watch his master's pigs.

그렇게 해서, 탕아는 주인의 돼지를 보기 위해 도토리나무 아래 영원히 남겨지게 되었다.

XI

Zacchiele lost his life in the great flood of October, 1857.
자키엘레는 1857년 10월의 대홍수로 목숨을 잃었다.

The dairy farm where he lived, in the neighbourhood of
the Cappuccini Convent, beyond the Porta-Giulia, was
inundated by the flood.
포르타 줄리아 너머 카푸치니 수녀원 근처에 있었던 그의 낙농장은
홍수로 침수되었다.

The waters covered the entire country, from the hill of
Orlando to the hill of Castellammare; and, since it had
flown over vast deposits of clay, it looked bloody as in the
ancient fable.
홍수는 오르란도 언덕에서 카스텔라마레 언덕에 이르기까지 온 마
을을 덮쳤다. 물이 광활한 진흙 퇴적물 위로 흘러서 고대 우화에서
나 나올 법하게 피투성이처럼 보였다.

The tops of the trees emerged here and there from this
blood, so miry and extensive.
나무 꼭대기가 광활한 핏빛 진흙탕에서 여기저기에서 삐져나와 있
었다.

At intervals passed enormous trunks of trees with all of
their roots, furniture, unrecognisable materials, groups of
beasts not yet dead who bellowed and disappeared and
then reappeared and were lost sight of in the distance.
간격을 두고, 뿌리까지 모두 뽑힌 거대한 나무줄기, 가구, 알아볼
수 없는 물건들이 지나갔고, 아직 죽지 않아서 소리를 지르며 사라
졌다 다시 나타났다 하며 저 멀리 사라져간 짐승 무리도 지나갔다.

The droves of oxen, especially, presented a wonderful
sight; their great white bodies pursued one another, their

heads reared desperately from out the water, furious interlacings of horns occurred in their rushes of terror.

특히, 황소 떼가 놀라운 광경을 보여주었다. 무섭게 흐르는 물속에서 그들의 거대한 흰색 몸뚱이들이 연이어 떠내려갔으며, 머리는 필사적으로 물 바깥쪽으로 쳐들고, 놀라서 서두르다가 뿔들이 사납게 서로 얽혀 있기도 하였다.

As the sea was to the east, the waves at the mouth of the river overflowed into it.

강 하구의 파도가 동쪽의 바다로 흘러넘치고 있었다.

The salt lake of Palata and its estuaries also joined with the river.

팔라타의 염수호와 강 하구에도 강물이 덮쳤고,

The fort became a lost island.

요새는 잃어버린 섬이 되었다.

Inland the roads were submerged, and in the house of Donna Cristina the water-line reached almost half way up the stairs.

내륙의 도로는 물에 잠겼고, 도나 크리스티나의 집에서는 수위가 계단의 거의 절반까지 올라갔다.

The tumult increased continuously, while the bells sounded clamorously.

소동은 계속 커져만 갔고 종들은 시끄럽게 울렸으며,

The prisoners, within their prisons, howled.

죄수들은 감옥 안에서 울부짖었다.

Anna, believing in some supreme chastisement from the Most High, took recourse in prayers for salvation.

가장 높으신 하느님이 몇 가지 최고의 징벌을 내리시고 있다고 믿고 있었던 안나는 구원을 바라며 기도를 드렸다.

The second day, as she mounted to the top of the pigeon-house, she saw nothing but water, water everywhere under the clouds, and later observed, terrified, horses galloping madly on the ridge of San Vitale.

둘째 날, 비둘기 집 꼭대기까지 올라간 그녀는, 구름 아래 모든 곳에서 물밖에 아무것도 볼 수가 없었고, 이후 산 비탈레 능선에서 말들이 미친 듯이 질주하는 것을 겁에 질려 바라보았다.

She descended, dulled, with her mind in a turmoil, and the persistency of the noise and the mists of the air blurred in her every sense of place and time.

그녀는 마음을 부여잡지 못해 정신이 멍해져서 비둘기 집에서 내려갔다. 계속되는 소음과 공중에 끼어있는 안개 때문에 그녀의 시간과 공간에 대한 감각은 흐릿해졌다.

When the flood began to subside, the country people entered the city by means of scows.

홍수가 가라앉기 시작하자, 마을 사람들은 나룻배를 타고 시내로 들어왔다.

Men, women and children carried in their faces and eyes a grievous stupefaction.

남자, 여자, 어린아이들 할 것 없이 그들의 얼굴과 눈에는 고통스러운 망연자실함이 드러나 있었고,

All narrated sad stories.

모두들 슬픈 이야기를 하고 있었다.

And a ploughman of the Cappuccini came to the Basile house to announce that Don Zacchiele had been washed

out to sea.
카푸치니의 쟁기꾼이 바질레 집으로 와서, 돈 자키엘레가 바다로 떠내려갔다고 말했다.

The ploughman spoke simply in telling of the death.
쟁기꾼은 단조로운 말투로 그의 죽음에 대하여 말했다.

He said that in the vicinity of the Cappuccini certain women had bound their nursing children to the top of an enormous tree to rescue them from the waters and that the whirlpools had uprooted the tree, dragging down the five little creatures.
카푸치니 근처에서, 어떤 여자들이 홍수에서 자신들의 젖먹이들을 구하려고 커다란 나무 꼭대기에 묶어 두었는데, 소용돌이가 치면서 나무가 뿌리째 뽑혀 다섯 명의 아이들이 아래쪽으로 천천히 끌려 내려지고 있었다고 한다.

Don Zacchiele was upon a roof with other Christians in a compact group, and as the roof was about to be submerged the corpses of animals and broken branches beat against these desperate ones.
또, 돈 자키엘레는 다른 교인들과 함께 빽빽하게 지붕 위에 있었는데, 지붕이 물에 잠기기 시작하자, 동물의 사체들과 부러진 나뭇가지들이 이 절박한 사람들에게 부딪히기도 하다가,

When at length the tree with the babies passed over them, the impact was so terrible that after its passage there was no longer a trace of roof or Christians.
아기들을 묶은 나무가 그들을 덮치자, 충격이 너무 커서, 나무가 지나가고 나서는 지붕이나 사람들의 흔적을 찾아볼 수가 없었다고 했다.

Anna listened without weeping, and in her mind, shaken

by the account of that death, by that tree with its five infants, and those men all crouched upon the roof while the corpses of beasts beat against it, sprang up a kind of superstitious wonder like the excitement she had felt in hearing certain stories of the Old Testament.

안나는 울지 않고 듣고 있었다. 그 죽음에 대한 이야기와 다섯 명의 아이들이 있었던 나무, 짐승의 사체가 지붕에 부딪힐 때 지붕 위에 웅크리고 있었던 사람들에 대한 이야기로 놀란 그녀의 마음속에는 구약 성경의 어떤 이야기를 들었을 때 느꼈던 흥분처럼 일종의 미신적인 경이로움이 솟아올랐다.

She mounted slowly to her room, and tried to compose herself.

그녀는 천천히 자신의 방으로 올라와서 마음을 진정시키려고 했다.

The sun shone upon her window, and the turtle slept in a corner, covered with his shield, while the chattering of swallows came from the tiles.

태양이 그녀의 창문을 비추었고 거북은 등껍질로 몸을 감춘 채 구석에서 잠을 자고 있었으며 지붕에서는 제비들의 지저귀는 소리가 들렸다.

All of these natural things, this customary tranquillity of her daily life, little by little comforted her.

이 모든 자연적인 것들, 그녀의 일상의 이런 관행적인 평온함이 조금씩 그녀를 위로했다.

From the depths of that momentary calm at length her grief arose clearly, and she bent her head upon her breast in deep depression.

그러다가, 그런 순간적인 평온함의 깊숙한 곳에서부터 슬픔이 또렷하게 떠올랐고, 깊은 우울감 속에서 그녀는 머리를 가슴에 닿도록 수그렸다.

Her heart was stung with remorse for having preserved against Zacchiele that strange, silent rancour for so long a time; recollections one after another came to mind, and the virtues of her lost lover shone more brightly than ever in her memory.

그녀는 그렇게 오랫동안 자키엘레에게 가졌던 그 이상하고 조용한 원한에 대한 후회로 가슴이 아팠다. 추억이 하나둘 생각났고 이젠 사라져 버린 사랑했던 그 사람의 장점들이 그 어느 때 보다 그녀의 기억 속에서 더 밝게 빛났다.

As the scourgings of her grief increased, she got up, went to her bed, and there stretched herself out upon her face.

점점 고통스러운 슬픔이 깊어지자, 그녀는 일어나 침대로 가, 침대에 얼굴을 대고 누웠다.

Her weeping mingled with the chattering of the birds.

그녀의 울음소리는 새들의 지저귀는 소리와 뒤섞였다.

Afterwards, when her tears were dried, the peace of resignation began to descend upon her soul, and she came to feel that everything of this earth was frail and that we ought to bend ourselves to the will of God.

눈물이 마르자, 체념의 평화가 그녀의 영혼에 내려오기 시작했고, 그녀는 이 땅의 모든 것들은 영원한 것이 없고 하나님의 뜻을 거스를 수 없다는 것을 느끼게 되었다.

The unction of this simple act of consecration spread in her heart a fulness of sweetness.

이렇게 단순하게 모든 걸 하느님의 뜻으로 돌리자, 그녀의 마음은 감미로움으로 가득 차게 되었다.

She felt herself freed from all inquietude, and found

repose in her humble but firm faith.
그녀는 자신이 모든 근심에서 해방되는 것을 느꼈고, 변변치 않지
만 자신의 확고한 믿음에서 안식을 찾았다.

From now on in her law there was but this one clause:
그 때 이후로, 그녀에게는 오직 다음 구절만이 존재하게 되었다.

The sovereign will of God, always just, always adorable, established in all things praised and exalted through all eternity.
하나님의 절대 의지는 항상 공정하시고, 항상 경애 받으시며, 모든
일에 행해지시고, 영원토록 찬미되며 칭송될지어다.

XII

Thus to the daughter of Luca was opened the true road to Paradise.
이렇게 해서, 루카의 딸에게 낙원으로 가는 진정한 길이 열렸다.

The passing of time was not marked by her except in ecclesiastical occurrences.
그녀에게 시간의 흐름은 교회의 행사를 제외하고는 의미가 없었다.

When the river re-entered its channel, there issued in consecutive order for many days processions throughout the cities and country.
범람이 멈춰 강물이 다시 원래 물길로 흐르자, 여러 날 동안 연속적
으로 도시와 시골에서 행렬이 이어졌다.

She followed all of them, together with the people, singing the Te Deum.
그녀는 사람들을 따라 다니며, 사람들과 함께 '테둠(찬미의 노래)'
를 불렀다.

The vineyards everywhere had been devastated; the earth was soft and the air pregnant with white vapours, singularly luminous, like those rising from the swamps in spring.

모든 포도밭들이 황폐해졌다. 땅은 질었고, 공기는 하얀 증기로 가득 차 있었는데 봄에 늪에서 나오는 증기처럼 특이할 정도로 빛을 발했다.

Then came the feast of All Saints; then the solemnity for the dead.

만성절이 다가왔고, 다음 제혼일이 이어졌다.

A great number of masses were celebrated for the assistance of the victims of the flood.

홍수 희생자들을 돕기 위해 수많은 미사가 거행되었다.

At Christmas Anna wished to make a manger; she bought a Christ-child, Mary, Saint Joseph, an ox and an ass, wise men, and shepherds, all made of wax.

크리스마스가 되자, 안나는 구유를 만들고 싶어했다. 그녀는 밀랍으로 만들어진 아기 예수, 성모, 성 요셉, 소와 나귀, 동방박사, 목동들을 샀다.

Accompanied by the daughter of the sacristan she went to the ditches of the Salaria road to search for moss.

성구 관리인의 딸과 함께, 그녀는 이끼를 찾기 위해 살라리아 대로의 도랑으로 갔다.

Under the glassy serenity of the fields, the lands were covered with lime, the factory of Albarosa appeared on the hill among the olives, and no voice disturbed the silence.

들판의 유리같은 고요함 속에, 대지는 석회로 덮여있었고, 언덕 위 알바로사 농장이 올리브 나무들 사이로 보였으며, 고요함을 깨는 어떤 소리도 들리지 않았다.

Anna, as she discovered the moss, bent and with a knife cut the clod.
안나는 이끼를 발견하자 몸을 구부리고 칼로 덩어리를 잘랐다.

On contact with the cold verdure her hands became violet coloured.
차가운 푸른색 이끼에 손을 대자, 손이 약간 보라색이 되었다.

From time to time, at the sight of a clod greener than the others, there escaped from her an exclamation of contentment.
가끔 다른 것보다 더 푸른 이끼 덩어리가 보이면, 그녀에게서 만족스러운 탄성이 흘러나왔다.

When her basket was full, she sat down upon the edge of the ditch with the girl.
그녀의 바구니가 가득 차자, 그녀는 동행한 소녀와 함께 도랑의 가장자리에 앉았다.

She raised her eyes thoughtfully and slowly to the olive-orchard, and they rested upon the white wall of the factory that resembled a cloisteral edifice.
그녀는 생각에 잠겨 천천히 올리브 과수원으로 눈을 들어 바라보다가, 회랑이 있는 커다란 성당같은 농장의 흰 벽에서 눈길이 멈추었다.

Then she bowed her head, tormented by her thoughts.
그리고는, 여러 가지 생각에 괴로워하며 고개를 숙였다.

Later she turned suddenly to her companion - "Had she
never seen the olives crushed!"
그러다가, 갑자기 소녀 쪽으로 몸을 돌렸다. "이 아이는 으깨진 올
리브를 본 적이 없겠지!"

She began to picture the work of the crushing with voluble
speech; and, as she spoke, little by little arose in her mind
other recollections than those she was describing, and
they showed themselves in her voice by a slight trembling.
그녀는 열변을 토하면서 올리브 분쇄 작업을 묘사했다. 말을 하면
서, 그녀가 지금 말하는 것 이외의 다른 기억들이 조금씩 그녀의 마
음에 떠올랐다. 그래서 그녀는 약간 떨리는 말투로 그 이야기들을
들려주었다.

That was the last weakness.
그때가 그녀의 마음이 약해진 마지막 순간이었다.

In April of 1858, shortly after Ascension Day, she fell sick.
1858년 4월, 예수 승천일 직후에 그녀는 아팠다.

She remained in bed almost a month, tormented by a
pulmonary inflammation.
그녀는 거의 한 달 동안 침대에 누워 있었다, 폐에 염증이 생겼기
때문이었다.

Donna Cristina came morning and evening to her room to
visit her.
도나 크리스티나가 아침저녁으로 그녀를 보기 위해 그녀의 방으로
왔고,

An aged maid servant who made public profession of
assisting the sick gave her medicines to her.
사람들 앞에서 그녀를 돕겠다고 자처했던 한 나이 많은 하녀는 그

녀에게 약들을 가져다 주기도 하였으며,

Then the turtle cheered the days of her convalescence.
거북이 때문에, 그녀는 회복하는 동안 힘을 얻기도 하였다.

And as the animal was emaciated from fasting, and was nothing but skin, Anna, seeing him so lean, and perceiving herself so debilitated, felt that secret satisfaction that we experience when we suffer the same pain as a beloved one.
거북은 먹지 못해서 바짝 말라서 껍질밖에 없는 듯 보였다. 쇠약해진 자신처럼 거북이 그렇게 마른 것을 보자, 안나는 사랑하는 사람과 같은 고통을 겪을 때 경험하는 그런 비밀스러운 만족감을 느꼈다.

A mild tepidity arose from the tiles covered with lichens, in the court the cocks crew, and one morning two swallows entered suddenly, flapped their wings about the room, and fled away again.
이끼로 덮인 기와에서는 미지근한 온기가 올라왔고, 마당에서는 수탉들이 울고 있었으며, 어느 날 아침에는 제비 두 마리가 갑자기 방에 들어와 날개를 퍼덕거리며 날라다니다가 다시 나가 버렸다.

When Anna returned for the first time to the church, after her recovery, it was the festival of roses.
안나가 회복된 후 처음으로 교회에 돌아왔을 때, 장미 축제가 열리고 있었다.

On entering she breathed in greedily the perfume of incense.
들어가자마자 그녀는 마음껏 향냄새를 들이마셨다.

She walked softly along the nave, in order to find the

spot where she had been accustomed to kneel, and she felt herself seized with a sudden joy when finally she discovered between the mortuary stories that one which bore in its centre an almost effaced bas-relief.

늘 무릎을 꿇던 곳을 찾기 위해, 본당 회중석을 따라 사뿐사뿐 걷다가, 비석 바닥에서 중앙 부분에 부조가 거의 지워진 돌을 발견하고는, 그녀는 갑자기 기쁨에 사로잡혔다.

She knelt upon it, and fell to praying.

그녀는 그 위에 무릎을 꿇고 기도하기 시작했다.

The people multiplied.

사람들이 늘어나기 시작했다.

At a certain point in the ceremony two acolytes descended from the choir with two silver basins full of roses, and commenced to scatter the flowers upon the heads of the prostrate ones, while the organ played a joyful hymn.

의식이 진행되는 동안, 두 명의 복사가 장미로 가득 찬 은 대야 두 개를 들고 합창단에서 내려와 엎드려 있는 사람들의 머리에 꽃을 뿌리기 시작했고, 오르간이 환희에 찬 성가를 연주했다.

Anna remained bent in a kind of ecstasy that gave her the blessedness of the mystic celebration and a vaguely voluptuous feeling of recovery.

안나는 신령스러운 성체 미사의 축복을 받으며 막연하게 몸이 회복되는 느낌이 들어, 일종의 황홀경에 빠져 계속 엎드려 있었다.

When several roses happened to fall upon her, she gave a long sigh.

장미 몇 송이가 그녀에게 떨어지자 그녀는 긴 한숨을 쉬었다.

The poor woman had never before in her life experienced

anything more sweet than that sigh of mystic delight and its subsequent languor.
그 불쌍한 여자는 그 신비한 기쁨의 한숨과 그 뒤에 이어지는 나른함보다 더 달콤한 것을 삶에서 경험한 적이 없었다.

The Rose Easter remained therefore Anna's favourite festival and it returned periodically without any noteworthy episode.
그래서, 안나는 장미 부활절을 가장 좋아했고, 매년 무탈하게 그 축제를 맞이했다.

In 1860 the city was disturbed with serious agitations.
1860년, 도시는 큰 소동이 일어나 불안해졌다.

One heard often in the night the roll of drums, the alarms of sentinels, the reports of muskets.
밤에는 북소리가 들리고, 파수꾼들이 경보를 울리며, 총 쏘는 소리가 자주 들렸다.

In the house of Donna Cristina a more lively fervour for action manifested itself among the five suitors.
도나 크리스티나의 집에서는, 다섯 명의 구혼자들이 자신들의 열정을 보다 적극적으로 행동으로 드러내고 있었다.

Anna was not frightened, but lived in profound meditation, having neither a realisation of public events nor of domestic wants, fulfilling her duties with machine-like exactness.
안나는 태연히 깊은 명상 속에서 살며, 집 안팎에서 벌어지고 있는 일들에 대해 알지 못한 채, 기계처럼 정확하게 자기 일을 하고 있었다.

In the month of September the fortress of Pescara was

evacuated, the Bourbon militia dispersed, their arms and baggage thrown into the water of the river, while bands of citizens flocked through the streets with liberal acclamations of joy.

9월에 페스카라 요새가 소개되고, 부르봉 왕가의 민병대가 해산되며, 무기와 짐들이 강물에 던져질 때, 시민들은 자유의 환호성을 지르며 삼삼오오 거리를 오갔다.

Anna, when she heard that the Abbot Cennamele had fled precipitately, thought that the enemies of the Church of God had triumphed, and was greatly grieved at this.

안나는 센나멜레 수도원장이 다급히 달아났다는 소식을 듣고, 하나님 교회의 적들이 승리했다고 생각하고는 크게 상심했다.

After this her life unfolded in peace for a long time.

그 후, 그녀의 삶은 오랫동안 평화롭게 전개되어 갔다.

The shell of the turtle increased in breadth and became more opaque; the tobacco plant sprang up annually, blossomed and fell; the wise swallows every autumn departed for the land of the Pharaohs.

거북의 등껍질은 폭이 더 늘어나고 더 두꺼워졌으며, 담배는 매년 다시 돋아나서 꽃이 피었다가 떨어졌고, 현명한 제비들은 가을이면 파라오의 땅으로 떠났다.

In 1865 the great contest of the suitors at length culminated in the victory of Don Fileno D'Amelio.

1865년, 드디어 구혼자들 간의 엄청난 경쟁은 돈 필레노 다멜리오의 승리로 끝나게 되었다.

The nuptials were celebrated in the month of March with banquets of solemn gaiety.

결혼식은 3월에 거행되었고, 피로연은 엄숙하면서도 흥겨웠다.

There came to prepare the valuable dishes two Capuchin fathers, Fra Vittorio and Fra Mansueto.
카푸친 작은 형제회의 수사인 비토리오와 만수에토가 귀한 음식들을 준비하러 왔다.

They were the two who after the suppression of the order remained to guard the convent.
이들은 수녀회에 대한 탄압 이후에도 수녀원을 수호하기 위해 남아 있던 두 사람이었다.

Fra Vittorio was a sexagenary, reddened, strengthened and made happy by the juice of the grape.
수사 비토리오는 혈기왕성한 60대로써, 포도 과즙만 마시면 팔팔해지고 행복해했다.

A little green band covered an infirmity of his right eye, while the left scintillated, full of a penetrating liveliness.
작은 녹색 띠로 오른쪽 눈의 병을 감추고 있었지만, 왼쪽 눈은 꿰뚫어 보는 듯한 활력으로 반짝거렸다.

He had exercised from his youth the art of drugs, and, as he had much skill in the kitchen, gentlemen were accustomed to summon him on occasions of festivity.
그는 어려서부터 약제를 잘 다뤘고, 부엌일에 능숙했기 때문에, 사람들은 축제가 있을 때면 늘 그를 불렀다.

At work he used rough gestures that revealed in the ample sleeves his hairy arms, his whole beard moved with every motion of his mouth and his voice broke into shrill cries.
일을 할 때면, 동작이 우악스러워서 넓은 소매 속의 털이 무성한 팔이 보였으며, 입을 움직일 때마다 수염 전체가 움직였고, 목소리는 날카롭게 외치는 듯했다.

Fra Mansueto, on the contrary, was a lean old man with a great head and on his chin a goatee.
수사 만수에토는, 그와는 반대로, 머리가 크고 턱에 염소수염을 기른 야윈 노인이었으며,

He had two yellowish eyes full of submission.
그의 누리끼리한 두 눈은 복종심으로 가득 차 있었다.

He cultivated the soil and going from door to door carried eatable herbs to the houses.
그는 땅을 경작하고 있었으며 식용 약초를 싣고 집마다 돌아다녔다.

In serving a company he took a modest position, limped on one foot, spoke in the soft idiomatic patois of Ortona, and, perhaps in memory of the legend of Saint Thomas, exclaimed, "For the Turks!" every little while stroking his polished head with his hand.
친구를 도울 때도, 그는 한 발로 절뚝거리며 겸손한 자세로, 오르토나 사람들만이 알아듣는 푸근한 사투리로 말했는데, 아마도 성 토마스의 전설을 기억해서 인지, "거시기하네! (Pe' li Turchi!)"를 외치며, 손으로 번들거리는 자신의 머리를 매번 어루만졌다.

Anna attended to the placing of the plates, the kitchen ware and the coppers.
안나는 접시, 주방용품, 동기류 배치를 도왔다.

It seemed to her now that the kitchen had assumed a kind of secret solemnity through the presence of the brothers.
이제 그녀에게 부엌은 수사들의 존재로 뭔가 비밀스럽고 엄숙한 장소가 된 것처럼 느껴졌다.

She remained to watch attentively all of the acts of Fra Vittorio, seized with that trepidation that all simple people feel in the presence of men gifted with some superior virtue.

그녀는 수사 비토리오의 모든 행위를 주의 깊게 관찰하면서, 모든 평범한 사람들이 어떤 탁월한 미덕을 갖고 태어난 사람들 앞에서 느끼는 두려움에 사로잡혔다.

She admired especially the infallible gesture with which the great Capuchin scattered upon the dishes certain secret drugs of his, certain particular aromas known only to him.

그녀는 특히 그 위대하게 보이는 수사가 자신의 비밀 약품, 즉 자신만 알고 있는 특별한 향을 접시 위에 뿌리며 실수하지 않는 동작에 감탄했다.

But the humility, the mildness, the modest jokes of Fra Mansueto little by little made a conquest of her.

그러나 그녀는 수사 만수에토의 겸손함, 온화함, 과하지 않은 농담에 조금씩 마음이 가기 시작했다.

And the bonds of a common country and the still stronger ones of a common dialect cemented their friendship.

그리고 같은 고향이라는 유대감과 같은 사투리를 쓰는 것에 대한 좀 더 강력한 유대감이 그들의 관계를 더욱 친근하게 하였다.

As they conversed, recollections of the past germinated in their speech.

대화를 하는 동안, 그들의 말에서는 과거의 기억들이 묻어나왔다.

Fra Mansueto had known Luca Minella and he was in the basilica when the death of Francesca Nobile had happened among the pilgrims.

수사 만수에토는 루카 미넬라를 알고 있었고 순례자들 사이에서 프란체스카 노빌레가 사망하던 당시 그는 대성당에 있었다.

"For the Turks!"
"참, 거시기했지요!"

He had even helped to carry the corpse up to the house at the Porta-Caldara, and he remembered that the dead woman wore a waist of yellow silk and many chains of gold....
그는 시체를 포르타-칼다라에 있는 집까지 옮기는 일까지 도왔고, 죽은 여자가 허리에 노란 비단과 많은 금 사슬을 두르고 있었다는 것도 기억했다....

Anna grew sad.
안나는 슬퍼졌다.

In her memory this matter up to that moment had remained confused, vague, almost uncertain, dimmed by the very long inert stupor that had followed her first paroxysms of epilepsy.
그녀의 기억 속에는, 그 순간까지도, 그때의 일은 혼란스럽고 어렴풋하고 거의 불확실하였으며, 첫 번째 간질 뒤에 아주 오랜 기간 동안 무기력한 상태로 있어서 기억이 희미했기 때문이었다.

But when Fra Mansueto said that her mother was in Paradise because those who die in the cause of religion dwell among the saints, Anna experienced an unspeakable sweetness and felt suddenly surge up in her soul an immense adoration for the sanctity of her mother.
그러나 수사 만수에토가 종교적인 이유로 죽은 사람들은 성인들과 함께 살기 때문에 어머니는 낙원에 계신다라고 말했을 때, 안나는 말할 수 없이 기뻤고 어머니의 성스러움에 대한 엄청난 흠모의 정이 그녀의 영혼 속에서 갑자기 솟아오르는 것을 느꼈다.

Then, remembering the places of her native country, she began to discourse minutely on the Church of the Apostle, mentioning the shapes of the altars, the position of the Chapels, the number of the ornaments, the shape of the cupola, the positions of the images, the divisions of the pavement and the colours of the windows.
그리고는, 고향의 여러 장소들을 떠올리며, 그녀는 사도의 대성당, 제단의 모양, 예배당의 위치, 장신구들의 수, 돔의 모양, 성상들의 위치, 구획된 바닥, 창의 색상 등에 대해서 상세하게 이야기를 나누기 시작했다.

Fra Mansueto followed her with benignity; and, since he had been in Ortona several months before, recounted the new things seen there.
수사 만수에토는 인자하게 그녀가 하는 말을 듣고 있다가, 몇 달 전에 오르토나에 있었기 때문에, 그때 본 새로운 것들에 관해 이야기를 해 주었다.

The Archbishop of Orsogna had given the Church a precious vase of gold with settings of precious stones.
오르소냐 대주교는 보석으로 장식된 귀중한 황금 화병을 교회에 내렸고,

The Confraternity of the Holy Sacrament had renovated all the wood and leather of the stoles.
성찬 신심회는 좌석의 나무 부분과 가죽 부분을 모두 바꿨으며,

Donna Blandina Onofrii had furnished an entire change of apparel, consisting in Dalmatian chasubles, stoles, sacerdotal cloaks and surplices.
도나 블란디나 오노프리는 달마티아식 제의복, 영대, 사제 망토, 성

직자 가운 등의 의복 전체를 바꿔 주었다고 했다.

Anna listened greedily, and the desire to see these new things and to see again the old ones began to torment her.
안나는 열심히 귀를 기울였고, 새롭게 바뀐 것들을 보고 싶기도 하고 옛것들을 다시 보고 싶기도 해서 심란해졌다.

When the Capuchin was silent she turned to him with an air half of pleasure, half of timidity.
수사가 말을 마치자, 그녀는 즐겁기도 하고 부끄럽기도 한 마음으로 그를 바라보았다.

The May feast was drawing near.
5월 축제가 다가오고 있었다.

Should they go?
그들이 갔어야 했을까?

XIII

During the last days of May, Anna, having had permission from Donna Cristina, made her preparations.
5월의 마지막 며칠 동안, 안나는 도나 크리스티나의 허락을 받아 축제에 참석할 준비를 했다.

She felt anxious about the turtle.
그녀는 거북이 마음에 걸렸다.

Ought she to leave it or carry it with her?
두고 가야 할까 아니면 같이 가야 할까?

She remained a long time in doubt but at length decided to carry it for security.

그녀는 오랫동안 생각을 하다가 결국 거북의 안전을 위해 같이 가기로 했다.

She put it in a basket with her clothes and the boxes of confection which Donna Cristina was sending to Donna Veronica Monteferrante, Abbess of the monastery of Santa Caterina.
그녀는 옷과 도나 크리스티나가 산타 카테리나 수도원장인 도나 베로니카 몬테페란테에게 보내는 과자 상자와 함께 거북을 바구니에 넣었다.

At dawn Anna and Fra Mansueto set out.
새벽에, 안나와 수사 만수에토가 출발했다.

Anna had from the first a nimble step and a gay aspect; her hair, already almost entirely grey, lay in shining folds beneath her handkerchief.
안나는 처음부터 발걸음이 가볍고 즐거워했다. 이미 하얗게 센 그녀의 머리칼은 손수건 밑으로 접혀 반짝이고 있었다.

The brother limped, supporting himself with a stick, and an empty knapsack swung from his shoulders.
수사는 막대기로 몸을 지탱하며 절뚝거렸고, 빈 배낭이 어깨에서 흔들리고 있었다.

When they reached the wood of pines, they made their first halt.
소나무 숲에 이르자, 그들은 처음으로 쉬었다.

The trees in the May morning, immersed in their native perfume, swayed voluptuously between the serenity of the sky and that of the sea.
5월 아침의 나무들은, 자신들만의 향기에 빠져, 하늘과 바다의 고요함 사이에서 육감적으로 흔들렸다.

The trunks wept resin.
나무 줄기에서는 송진이 흘러나오고 있었고,

The blackbirds whistled.
찌르레기들은 휘파람 소리를 냈다.

All the fountains of life seemed open for the transfiguration of the earth.
생명의 모든 샘은 땅의 변화를 위해 열려 있는 것처럼 보였다.

Anna sat down upon the grass, offered the monk bread and fruit, and began to talk about the festivity, eating at intervals.
안나는, 풀밭에 앉아 수사에게 빵과 과일을 주고 중간중간에 먹어 가면서, 축제에 대해 이야기하기 시작했다.

The turtle tried with its two foremost legs to reach the edge of the basket, and its timid serpent-like head projected and withdrew in its efforts.
거북이는 앞 다리로 바구니의 끝부분에 도달하려고 용을 쓰다가, 겁 많은 뱀 대가리 같은 머리를 내밀더니 주춤했다.

Then, when Anna took it out, the beast began to advance on the moss toward a bush of myrtle, with less slowness, perhaps feeling the joy of its primitive liberty arise confusedly in it.
그러다가, 안나가 거북이를 꺼내 놓자, 거북이는 이끼 위에서 도금양 덤불을 향해 보통보다는 빠르게 앞으로 나가기 시작했다. 아마도 어리둥절해져서 자신 속에 존재하고 있었던 원시적인 자유의 기쁨이 솟구치는 것을 느끼는 듯했다.

Its shell amongst the green looked more beautiful.
초록에 둘러싸인 거북이의 등껍질은 더 아름다워 보였다.

Fra Mansueto made several moral reflections and praised Providence that gives to the turtle a house, and sleep during the winter season.
수사 만수에토는, 몇 가지 도덕적인 반성을 하면서, 거북이에게 집을 주시고 겨울 동안 잠을 자게 하시는 섭리를 찬양하였으며,

Anna recounted several facts which demonstrated great frankness and rectitude in the turtle.
안나는 거북이의 대단한 솔직함과 정직함을 보여주는 몇 가지 사실을 이야기했다.

Then she added, "What are the animals thinking of?"
이어 그녀는 "동물들은 무슨 생각을 할까요?"라고 덧붙였다.

The brother did not answer.
수사는 대답하지 않았다.

Both remained perplexed.
둘 다 알 수 없었다.

There descended from the bark of a pine a file of ants and they extended themselves across the ground, each ant dragged a fragment of food and the entire innumerable family fulfilled its work with diligent precision.
소나무 껍질에서 한 떼의 개미가 내려와 땅을 가로질러 가며 길게 이어져 있었다. 각각의 개미들은 먹을 것이 될 만한 것의 조각들을 끌고 가고 있었으며, 수 많은 개미는 모두 자기 일을 부지런히 완수하고 있었다.

Anna watched, and there awoke in her mind the

ingenuous beliefs of her childhood.
안나는 그것을 지켜보고 있었다, 그러자, 그녀의 마음속에서는 자신이 어린 시절에 가졌던 순진한 믿음이 떠올랐다.

She spoke of wonderful dwellings that the ants excavated beneath the earth.
그녀가 개미들이 땅 밑에 파놓은 놀라운 개미집에 대하여 이야기하자,

The brother replied with an accent of intense faith, "God be praised!"
수사는 열렬한 믿음의 억양으로 대답했다, "주여 찬양받으소서!"

And both remained pensive, beneath the greatness, while worshipping God in their hearts.
둘은 마음속으로 하나님께 경배드리며, 그 위대함을 느끼며 생각에 잠겼다.

In the early hours of the evening they arrived in the country of Ortona.
그들은 저녁 이른 시간에 오르토나 지역에 도착했다.

Anna knocked at the door of the monastery and asked to see the abbess.
안나는 수도원 문을 두드리고 수도원장을 뵙게 해달라고 부탁했다.

On entering they saw a little court paved with black and white stone with a cistern in the centre.
안으로 들어서자, 검은색과 흰색의 돌로 포장된 작은 정원과 가운데에 물웅덩이가 있는 것이 보였다.

The reception parlour was a low room, with a few chairs around it; two walls were occupied by a grating, the other

two by a crucifix and images.
응접실은 낮았고, 그 주위에 몇 개의 의자가 있었다. 두 개의 벽은 격자로, 다른 두 개는 십자가와 성상들로 채워져 있었다.

Anna was immediately seized by a feeling of veneration for the solemn peace that reigned in this spot.
안나는 그곳에 가득한 엄숙한 평화에 바로 존경심을 느끼게 되었다.

When the Mother Veronica appeared unexpectedly behind the grating, tall and severe in her monastic habit, Anna experienced an unspeakable confusion as if in the presence of a supernatural apparition.
베로니카 수녀가 갑자기 격자 너머로 나타났다. 그녀는 키가 크고 수도원의 습관을 엄격하게 지키는 사람이었다. 안나는 마치 초자연적인 유령을 보기라도 한듯이, 말할 수 없을 정도로 놀랐다.

Then, reassured by the kind smile of the abbess, she delivered her message briefly, placed her boxes in the cavity of the turnstile and waited.
잠시 후, 그녀는 수도원장의 친절한 미소에 마음이 놓여, 간단히 메시지를 전달하고 상자를 회전식 문의 공간에 넣고 기다렸다.

The Mother Veronica moved about her benignly, watching her with her beautiful lion-like eyes; she gave her an effigy of the Virgin, and in taking leave she extended her illustrious hand to be kissed through the grating, and disappeared.
베로니카 수녀는 아름다운 사자 같은 눈으로 그녀를 바라보며, 상냥하게 그녀 곁으로 다가왔다. 수녀는 그녀에게 성모상을 주었고, 자리를 뜨면서 창살 밖으로 키스하라고 자신의 고상한 손을 내밀고는 사라졌다.

Anna went out full of trepidation.
안나는 떨리는 마음으로 밖으로 나왔다.

As she passed the vestibule, there reached her ears a chorus of litanies, a song, very regular and sweet, which came perhaps from some subterranean chapel.
그녀가 현관을 지나갈 때, 지하 예배당에서 나오는 듯한 아주 규칙적이고 감미로운 노래, 호칭 합창 소리가 그녀의 귀에 닿았다.

When she passed through the court she saw on the left, at the top of the wall, a branch loaded with oranges.
정원을 통과할 때, 그녀는 왼쪽 벽 꼭대기에 오렌지가 열린 나뭇가지를 보았다.

And, as she set foot again on the road, she seemed to have left behind her a garden of blessedness.
다시 길을 나서자, 마치 축복의 정원을 떠나온 듯하였다.

Then she turned toward the eastern road in order to search for her relations.
이후, 그녀는 그녀의 친척들을 찾으려 동쪽 길로 향했다.

At the door of the old house an unknown woman stood leaning against the door-post.
낡은 집의 문간에, 모르는 여자가 문기둥에 기대어 서 있었다.

Anna approached her timidly and asked news of the family of Francesca Nobile.
안나는 수줍어하면서 다가가서는, 프란체스카 노빌레의 가족 소식을 물었다.

The woman interrupted her:
여자는 말을 끊더니 물었다.

"Why?
"왜 그러시죠?

Why?
이유가 뭐죠?

What did she want?" - with a harsh voice and an investigating expression.
원하는 게 뭐죠?" - 목소리는 거칠었고 표정은 조사하는 듯했다.

Then, when Anna recalled herself, she permitted her to enter.
안나가 옛날 일을 말하자, 들어오라고 했다.

The relations had almost all died or emigrated.
친척들은 거의 모두 죽었거나 다른 곳으로 갔다고 했다.

There remained in the house an old, rich man, Uncle Mingo, who had taken for his second wife "the daughter of Sblendore" and lived with her almost in misery.
그 집에는, 스브렌도레의 딸을 두 번째 아내로 맞이한, 늙고 한때 부자였던 밍고 삼촌이 비참한 상태로 그녀와 함께 살고 있었다.

The old man at first did not recognise Anna.
노인은 처음에는 안나를 알아보지 못했다.

He was seated upon an old ecclesiastical chair, whose red material hung in shreds; his hands rested on the arms, contorted and rendered enormous through the monstrosity of gout, his feet with rhythmic movements beat the earth, while a continuous paralytic trembling agitated the muscles of his neck, elbows and knees.

그는 빨간 천이 너덜너덜해진 낡은 교회 의자에 앉아 있었다. 팔걸이에 올려놓은 손은 통풍으로 흉물스럽게 뒤틀린 채 커져 있었고, 그의 발은 반복적으로 땅을 때리고 있었으며, 그의 목과 팔꿈치, 무릎의 근육들은 계속되는 중풍성 떨림으로 흔들리고 있었다.

As he gazed at Anna he held open with difficulty his inflamed eyelids.
그는 안나를 가만히 바라보면서, 염증이 생긴 눈꺼풀을 힘겹게 열었다.

At length he remembered her.
드디어, 그가 그녀를 기억했다.

As Anna proceeded to explain her own experiences, the daughter of Sblendore, sniffing money, began to conceive in her mind hopes of usurpation, and by virtue of these hopes became more benign in her expression.
안나가 자신의 경험을 설명하기 시작하자, 스브렌도레의 딸은 돈 냄새를 맡더니, 마음속으로 돈을 갈취하려는 희망을 품기 시작했고, 이런 희망으로 그녀의 표정은 점점 유순해졌다.

Anna's tale was scarcely told when she offered her hospitality for the night, took her basket of clothes and laid it down, promised to take care of her turtle and then made several complaints, not without tears, about the infirmity of the old man and the misery of their house.
안나가 이야기를 별로 하지도 않았는데, 스브렌도레의 딸은 그녀에게 하룻밤 묵고 가라고 권하면서, 그녀의 옷 바구니를 잡아서 내려놓고는, 거북이도 잘 보살펴 주겠노라고 약속을 했다. 또 병약한 남편과 비참한 자신의 집에 대해서 눈물을 섞어가며 죽는소리를 해댔다.

Anna went out with her soul full of pity; she went up the

coast toward the belfry of the church, feeling anxious on approaching it.

안나는 마음속 깊이 너무 애처롭게 생각하면서 밖으로 나왔다. 그녀는 교회의 종탑을 향해 해안을 따라 올라갔다. 교회가 가까워지자 그녀는 점점 불안해했다.

Around the Farnese palace the people surged like billows; and that great feudal relic ornamented with figures, magnificent in the sunlight, was most conspicuous.

파르네세 궁전 주변에는 사람들이 파도처럼 몰려 있었다. 햇빛 속에 장엄하게 보이는 인물상으로 장식된 그 거대한 봉건 유적지는 금방 눈에 띄었다.

Anna passed through the crowd, alongside of the benches of the silversmiths who made sacred apparel and native objects.

안나는 성의와 지역 특산물을 만드는 은세공인들의 좌판 옆을 따라 사람들 속을 통과하여 지나갔다.

At all of that scintillating display of liturgical forms her heart dilated with joy and she made the sign of the cross before each bench as before an altar.

전례 용품들이 모두 반짝이며 전시되고 있는 것을 보자, 그녀의 마음은 기쁨으로 넉넉해졌고, 그녀는 마치 제단 앞에 있을 때처럼, 각 좌판 앞에서 성호를 그었다.

When at night she reached the door of the church and heard the canticle of the ritual, she could no longer contain her joy as she advanced as far as the pulpit, with steps almost vacillating.

밤이 되어 그녀가 교회 문에 도착하여 의례 찬가를 들었을 때, 그녀는 더 이상 기쁨을 억누를 수가 없었고, 거의 후들거리는 발걸음으로 강단까지 나아갔다.

Her knees bent beneath her and the tears welled up in her eyes.
그녀의 무릎은 아래로 구부러졌고 그녀의 눈에는 눈물이 솟아 나왔다.

She remained there in contemplation of the candelabras, the ostensories, of all those objects on the altar, her mind dizzy from having eaten nothing since morning.
그녀는 촛대, 장식물, 제단 위의 모든 물품을 바라보며 그곳에 서 있었는데, 아침부터 아무것도 먹지 않아서 현기증이 났다.

An immense weakness seized her nerves and her soul shrank to the point of annihilation.
이것이 커다란 약점이 되어 신경은 날카로워지고, 영혼은 움츠러들어 거의 사라지는 게 아닌가 싶을 정도였다.

Above her, along the central nave, the glass lamps formed a triple crown of fire.
그녀의 위, 중앙 회중석을 따라 늘어선 유리 램프들은 불의 삼중관을 형성했다.

In the distance, four solid trunks of wax flamed at the sides of the tabernacle.
멀리 성막 옆면에서는 네 개의 단단하고 굵은 양초들이 타고 있었다.

XIV

The five days of the festival Anna lived thus within the church from early morning until the hour at which the doors were closed - most faithfully she breathed in that warm air which implanted in her senses a blissful torpor,

in her soul a joy, full of humility.
축제의 닷새 동안, 안나는 이른 아침부터 문이 닫히는 시간까지 교회 안에서, 자신의 감각에는 행복한 무기력감을, 영혼에는 겸손으로 가득 찬 기쁨을 심어주는 그 따뜻한 공기를 들이마시며 아주 독실하게 살았다.

The orations, the genuflections, the salutations, all of those formulas, all of those ritualistic gestures incessantly repeated, dulled her senses.
식사, 장궤, 배례, 모든 규약, 끊임없이 반복되는 의식적 동작들이 그녀의 감각을 무디게 했다.

The fumes of the incense hid the earth from her.
향의 연기로 그녀는 땅을 볼 수가 없었다.

Rosaria, the daughter of Sblendore, meanwhile profited by moving her to pity with lying complaints and by the miserable spectacle of the paralytic old man.
한편 스브렌도레의 딸 로사리아는, 거짓말로 죽는소리를 하고 중풍에 걸린 노인의 비참한 모습으로, 그녀의 동정심을 유발시켜 이득을 챙겼다.

She was an unprincipled woman, expert in fraud and dedicated to debauchery; her entire face was covered with blisters, red and serpentine, her hair grey, her stomach obese.
그녀는 원칙도 없고, 사기를 잘 치며, 방탕에 빠져있었다. 그녀의 얼굴 전체에 물집이 나 있었고, 붉은 안색에 사행성 피부병에도 걸려 있었으며, 머리도 하얗고, 배도 나와 있었다.

Bound to the paralytic by vices common to both and by marriage, she and he had squandered in a short time their substance in guzzling and merry-making.

둘 다 똑같이 부도덕하고 중풍도 얻은 그 부부는 폭음하며 흥청거
리다가 재산을 금방 날렸다.

Both in their misery, venomous from privation, burning
with thirst for wine and liquor, harassed by the infirmities
of decrepitude, were now expiating their prolonged
sinning.
비참한 상태에서 궁핍한 생활로 악랄해지고, 포도주와 독주에 대한
갈증으로 타오르며, 노령에 따른 여러 가지 질환으로 인해 괴로움
을 당하고 있던 두 사람은 자신들의 오랜 죄에 대해 이제 값을 치루
고 있는 중이었다.

Anna, with a spontaneous impulse for charity, gave
to Rosaria all her money kept for alms-giving and her
superfluous clothes as well as her earrings, two gold rings
and her coral necklace and she promised still further
support.
자발적이고 즉흥적으로 자선을 베풀던 안나는, 자신의 귀걸이, 두
개의 금반지, 산호 목걸이와 자선을 하려고 간직했던 모든 돈과 필
요 없는 옷가지 등을 로자리아에게 주고 앞으로 더 많이 지원하겠
다고 약속했다.

At length she retraced the road to Pescara, in company
with Fra Mansueto, and bearing the turtle in her basket.
그런 다음, 그녀는 바구니에 거북이를 넣고 수사 만수에토와 함께
페스카라에서 왔던 길을 되돌아갔다.

During their walk, as the houses of Ortona withdrew into
the distance, a great sadness descended upon the soul of
the woman.
걸어가면서 오르토나의 집들이 멀어지자, 커다란 슬픔이 그 여인의
영혼에 내려앉았다.

Crowds of singing pilgrims were passing in other directions, and their songs, monotonous and slow, remained a long while in the air.
노래하는 순례자들의 무리들이 다른 방향으로 지나가고 있었고 단조롭고 느린 그들의 노래는 오랫동안 공중에 맴돌았다.

Anna listened to them; an overwhelming desire drew her to join them, to follow them, to live thus, making pilgrimages from sanctuary to sanctuary, from country to country, in order to exalt the miracles of every saint, the virtues of every relic, the bounty of every Mary.
안나는 그들에게 귀를 기울였다. 그들과 합류하고, 그들을 따르고, 성역에서 성역으로, 나라에서 나라로 순례하면서 모든 성인의 기적, 모든 유물의 진귀함, 모든 성모 마리아상들의 은혜를 칭송하면서 살고 싶은 어떤 강력한 열망이 그녀를 끌어 당겼다.

"They go to Cucullo," Fra Mansueto said, pointing with his arm to some distant country.
"저 사람들은 쿠쿨로로 가네요," 라고 수사 만수에토가 먼 곳을 가리키며 말했다.

And both began to talk of Saint Domenico, who protected the men from the bite of serpents and the seed from caterpillars; then they spoke of the patron saints.
두 사람은 뱀에게 물리지 않도록 사람들을 보호하고 애벌레로부터 씨앗을 보호한 성 도메니코에 관해 이야기하기 시작했다. 그러다가 그들은 수호성인들에 대해서 말을 이어갔다.

At Bugnara, on the bridge of Rivo, more than a hundred cart-houses, among horses and mules, laden with fruit, were going in a procession to the Madonna of the Snow.
분야라의 리보 다리 위에서는, 과일을 실은 말과 노새 사이로, 100대 이상의 마차들이 '백설의 성모마리아 상'으로 행진하고 있었다.

The devotees rode on their chargers, with sprigs of spikenard on their heads, with strings of dough on their shoulders, and they laid at the feet of the image their cereal gifts.

신도들은 머리에 감송향 화환을 쓰고, 밀가루 반죽을 묶은 끈을 어깨에 메고, 자신의 말을 타고 와서는 곡식 공물을 성상의 발밑에 놓았다.

At Bisenti, many youths, with baskets of grain on their heads, were conducting along the roads an ass that carried on its back a larger basket, and they entered the Church of the Madonna of the Angels, to offer them up, while singing.

비센티에서는 많은 젊은이들이 머리에 곡식 바구니를 이고, 더 큰 바구니는 당나귀에게 짊어 지우고 길을 따라 이끌면서 '천사들의 성모 마리아 교회'에 들어가서는, 노래를 부르며 곡식을 바쳤다.

At Torricella Peligna, men and children, crowned with roses and garlands of roses, went up on a pilgrimage to the Madonna of the Roses, situated upon a cliff where was the foot-prints of Samson.

토리첼라 펠리그나에서는, 장미 면류관과 장미 화환을 쓴 남자와 아이들이 삼손의 발자국들이 있는 절벽의 '장미의 성모 마리아상'까지 순례했다.

At Loreto Apentino a white ox, fattened during the year with abundance of pasturage, moved in pomp behind the statue of Saint Zopito.

로레토 아펜티노에서는, 1년 내내 잘 자란 풀을 먹고 살찐 흰 소가 행렬에 참여해, 성 조피 토상 뒤를 따라갔다.

A red drapery covered him and a child rode upon him.

붉은 천이 소의 등을 덮여 있었고 한 아이가 그 위에 올라앉아 있었다.

As the sacred ox entered the church, he gave forth the excrescence of his food and the devotees from this smoking material presaged future agriculture.
신성한 황소가 교회에 들어와서 먹은 것을 배설해놓으면, 신도들은 김이 모락모락 나는 배설물을 보고 앞으로의 농사를 예언했다.

Of such religious usages Anna and Fra Mansueto were speaking, when they reached the mouth of the Alento.
안나와 수사 만수에토가 그런 종교적 관습에 관해 이야기하는 동안, 그들은 알렌토 입구에 도착했다.

The Channel carried the water of spring between the green foliage not yet flowered.
봄의 시냇물이 아직은 꽃이 피지 않은 푸른 이파리들 사이로 수로를 따라 흐르고 있었다.

And the Capuchin spoke of the Madonna of the Incoronati, where for the festival of Saint John the devotees wreath their heads with vines, and during the night go with great rejoicing to the River Gizio to bathe.
수사는 '면류관을 쓴 하느님의 성모 마리아 성소'에 대해서 말했는데, 그곳은 성 요한 축제를 위해 신자들이 머리에 넝쿨로 만든 화관을 쓰고 밤에는 기지오강으로 가서 아주 즐겁게 목욕하는 곳이라는 것이다.

Anna removed her shoes in order to ford the river.
안나는 강을 건너기 위해 신발을 벗었다.

She felt now in her soul an immense and loving veneration for everything, for the trees, the grass, the animals, for all that those Catholic customs had sanctified.

그녀는 이제 모든 것, 나무, 풀, 동물, 가톨릭 관습이 신성시해온 모든 것들에 대해 한없는 자애 깊은 숭배를 그녀의 영혼으로 느꼈다.

Thus from the depths of her ignorance and simplicity arose the instinct of idolatry.

그녀의 무지와 단순함의 깊은 곳에서 우상숭배의 본능이 잠에서 깨어났다.

Several months after her return, an epidemic of cholera broke out in the country, and the mortality was great.

그녀가 돌아온 지 몇 달 후, 콜레라가 지역에 유행병처럼 발생했고 사망률은 엄청났다.

Anna lent her services to the poor sick ones.

안나는 가난한 병자들을 보살폈다.

Fra Mansueto died.

수사 만수에토가 사망했다.

Anna felt much grief at this.

안나는 그의 죽음을 매우 애통해했다.

In the year 1866, at the recurrence of the festival, she wished to take leave and return to her native place forever, because she saw in her sleep every night Saint Thomas who commanded her to depart.

1866년, 축제가 다시 열리자, 매일 밤 꿈속에서 성 토마스가 나타나 그녀에게 떠나라고 하자, 그곳을 떠나, 영원히 고향으로 돌아가고 싶어 했다.

So she took the turtle, her clothes and her savings, weeping she kissed the hand of Donna Cristina, and

departed upon a cart, together with two begging nuns.
그래서, 그녀는 거북이와 옷과 저축한 돈을 들고, 울면서 도나 크리스티나의 손에 입 맞추고, 시주 수녀 두 명과 수레에 올라 그곳을 떠났다.

At Ortona she dwelt in the house of her paralytic uncle.
오르토나에서 그녀는 중풍 걸린 삼촌의 집에서 살았다.

She slept upon a straw pallet and ate nothing but bread and vegetables.
그녀는 밀짚 자리 위에서 잠을 잤고 빵과 야채만 먹었다.

She dedicated every hour of the day to the practices of the Church, with a marvellous fervour, and her mind gradually lost all ability to do anything save contemplate Christian mysteries, adore symbols and imagine Paradise.
그녀는 놀라운 열정으로 교회의 관행을 이어가느라 하루의 모든 시간을 바쳤으며, 점차 기독교의 신비를 묵상하고, 상징을 숭배하고, 낙원을 상상하는 것 외의 모든 능력을 잃어 갔다.

She was completely absorbed with divine charity, completely encompassed with that divine passion which the sacerdotals manifest always with the same signs and the same words.
그녀는 하나님의 너그러움에 깊이 빠져 있었으며, 성직자들이 항상 같은 동작과 같은 말로 시현하는 신성한 열정에 완전히 에워싸여 있었다.

She comprehended but that one single language; had but that one single refuge, sweet and solemn, where her whole heart dilated in a pious security of peace and where her eyes moistened with an ineffable sweetness of tears.
그녀는 단 하나의 언어만을 이해했고, 그녀에게는 단 하나의 감미

롭고 엄숙한 피난처가 있을 뿐이었다. 그곳에서, 그녀의 마음은 경
건하고 안전하게 평화 속에서 넓어지고, 그녀의 눈은 형언할 수 없
는 감미로운 눈물로 젖어 들었다.

She suffered, for the love of Jesus, domestic miseries, was
gentle and submissive and never proffered a lament, a
reproof, or a threat.
그녀는 예수님에 대한 사랑 때문에 가정의 불행을 겪었지만, 온화
하고 순종적이었으며, 한탄도 책망도 위협도 하지 않았다.

Rosaria extracted from her little by little all of her savings,
and commenced then to let her go hungry, to overtax her,
to call her vicious names and to persecute the turtle with
fierce insistency.
로자리아는 그녀의 저축에서 조금씩 조금씩 돈을 뜯어내고, 그녀에
게 음식도 주지 않고, 그녀를 혹사하며, 심하게 욕하고, 계속해서
사납게 거북이를 못살게 굴기 시작했다.

The old paralytic gave forth continuously a species of
hoarse howls, opening his mouth where the tongue
trembled and from which dripped continually quantities
of saliva.
늙은 중풍 병자는 계속해서 약간 쉰 목소리를 내며, 입을 벌리면 혀
가 떨리고 계속해서 침을 흘렸다.

One day, because his greedy wife swallowed before him
some liquor and denied him a drink, escaping with the
glass, he arose from his chair with an effort and began to
walk toward her, his legs wavering, his feet striking the
ground with an involuntary rhythmic stroke.
어느 날, 그의 욕심 많은 아내가 그 앞에서 술을 마시면서, 그가 술
을 마시지 못하게 술잔을 들고 달아나자, 그는 있는 힘을 다해 의자
에서 일어나서는, 후들거리는 다리와 반복적으로 흔들거리는 발로

땅을 디디면서 그녀 쪽으로 걸어가기 시작했다.

Suddenly he moved faster, his trunk bent forward, while hopping with short pursuing steps, as if pushed by an irresistible impulse, until at length he fell face downward upon the edge of the stairs.

갑자기 동작이 빨라지고, 몸을 앞으로 구부리더니, 마치 저항할 수 없는 충동에 내밀리는 것처럼 잰걸음으로 깡충깡충 뒤를 쫓아가서는, 계단의 가장자리에서 얼굴을 밑으로 해서 떨어지고 말았다.

XV

Then Anna, in distress, took the turtle and went to ask succour of Donna Veronica Monteferrante.

그 후, 어려워진 안나는 거북이를 데리고 도나 베로니카 몬테페란테에게 도움을 청하러 갔다.

As the poor woman had already done several services for the monastery, the Abbess, pitying her, gave her work as a serving-nun.

그 가엾은 여인은 이미 수도원을 위해 여러 가지 봉사를 해왔기 때문에, 수도원장은 그녀를 불쌍히 여겨, 그녀에게 평수녀 업무를 맡겼다.

Anna, though she had not taken the orders, dressed in the nun's costume: the black tunic, the throat-bands, the head-dress with its ample white brims.

안나는 지시받지는 않았지만, 검은 튜닉, 깃, 흰색 챙이 넉넉한 두건 등의 수녀 복장을 하게 되었다.

She seemed to herself, in that habit, to be sanctified.

그런 복장을 하자, 그녀는 자신이 성화 되는 것처럼 느껴졌다.

And at first, when the air flapped the brims around her head with a noise as of wings, she shuddered with a sudden confusion in her veins.

수녀 복장을 한 지 얼마 되지 않았을 때, 바람이 불어 그녀 머리 주위의 챙이 퍼덕거리며 날개 같은 소리를 내자, 그녀는 갑자기 피가 멈춘 듯이 몸서리를 쳤다.

Also when the brims struck by the sun reflected on her face the colour of snow, she suddenly felt herself illuminated by a mystic ray.

또한, 햇빛을 받는 챙이 그녀의 얼굴에 눈처럼 하얀빛을 얼굴에 반사했을 때, 갑자기 신비한 광선이 자신을 비추는 것처럼 느꼈다.

With the passing of time, her ecstasies became more frequent.

시간이 지날수록, 그녀의 황홀경은 더욱 잦아졌다.

The grey-haired virgin was thrilled from time to time by angelic songs, by distant echoes of organs, by rumours and voices not perceptible to other ears.

백발의 처녀는, 천사의 노래, 멀리서 울려 퍼지는 오르간 소리, 다른 사람들 귀에는 들리지 않는 소음과 목소리들로, 시시때때로 황홀해했다.

Luminous figures presented themselves to her in the darkness, odours of Paradise carried her out of herself.

어둠 속에서, 그림 속 인물들이 빛을 밝히며 등장했고, 낙원의 냄새로 그녀는 정신을 차리지 못할 정도였다.

Thus a kind of sacred horror began to spread through the monastery as if through the presence of some occult power, as if through the imminence of some supernatural event.

그래서 신성한 공포 같은 것이, 어떤 신비로운 힘을 갖고, 초자연적 인 사건이 임박한 것처럼, 수도원 전체에 퍼져나가기 시작했다.

As a precaution the new convert was released from every obligation pertaining to servile work.
그녀의 상태가 걱정스러워서 그녀는 노역과 관련된 모든 의무에서 해방되었다.

All of her positions, all of her words, all of her glances were observed and commented upon with superstition.
그녀의 상태, 말, 시선, 모든 것이 미신과 연관되어서 관찰되고 회 자되었으며,

And the legend of her sanctity began to flower.
그녀의 신성함에 대해 사람들은 입방아를 찧기 시작했다.

On the first of February in the year of Our Lord 1873, the voice of the virgin Anna became singularly hoarse and deep.
서기 1873년 2월 1일, 동정녀 안나의 목소리는 유난히 쉰 소리가 나며 깊어졌다.

Later her power of speech suddenly disappeared.
그러다가, 그녀의 언어 능력이 갑자기 사라졌다.

This unexpected dumbness terrified the minds of the nuns.
수녀들은 그녀가 갑자기 벙어리가 된 것을 보고 공포에 싸였다.

And all, standing around the convert, considered with mystic terror her ecstatic postures, the vague motions of her mute mouth and the immobility of her eyes from which overflowed at intervals inundations of tears.

모든 사람들은 그녀 주위에 서서, 그녀의 황홀경에 빠진 듯한 태도, 말을 못 하는 입의 어렴풋한 움직임, 가끔 눈물이 흘러넘치는 움직이지 않는 눈을 신비로운 두려움 속에서 바라보았다.

The lineaments of the sick woman, extenuated by long fastings, had now assumed a purity almost of ivory, while the entire outlines of her arteries now seemed to be visible, and projected in such strong relief and palpitated so incessantly, that before that open palpitation of blood a kind of dread seized the nuns, as if they were viewing a body stripped of its skin.

오랜 금식으로 지치고 아픈 듯한 여자의 얼굴은 거의 상아처럼 순결했고, 동맥의 세밀한 부분까지 볼 수 있을 듯했으며, 동맥들이 아주 선명하게 튀어나와 끊임없이 팔딱거리고 있어서, 그렇게 눈앞에서 피가 팔딱거리는 것을 보고 있는 수녀들은, 마치 피부를 벗겨낸 시체를 보고 있는 듯이, 공포에 사로잡혔다.

When the month of Mary drew near, a loving diligence prompted the Benedictines to the preparation of an oratory.

성모 마리아 달이 다가오자, 수도회 사람들은 즐거운 마음으로 부지런하게 예배당을 꾸미기 시작했다.

They scattered throughout the cloisteral garden, all flowering with roses and fruitful with oranges, while they gathered the harvest of early May in order to lay it at the foot of the altar.

그들은 장미꽃들이 활짝 피고 오렌지들이 열린 회랑 정원 전체에 흩어져, 5월 초 수확물들을 모아 제단 아래에 두었다.

Anna having recovered her usual state of calmness, descended likewise to help at the pious work.

평소의 평온함을 되찾은 안나도, 다른 사람들처럼, 경건한 일을 돕기 위해 내려왔다.

She conveyed often with gestures the thoughts which her obstinate muteness forbade her to express.
그녀는 종종 몸짓으로, 전혀 말을 못 하는 자신의 생각들을 전달했다.

All of the brides of Our Lord lingered in the sun, walking among the fountains luxuriant with perfume.
주님의 모든 신부들은 태양 아래에 서성이며 향기가 가득한 샘들 사이를 걸었다.

There was on one side of the garden a door, and as in the souls of the virgins the perfumes awoke suppressed thought, so the sun in penetrating beneath the two arches revived in the plaster the residue of Byzantine gold.
정원의 한쪽에는 문이 있었다. 향기가 순결한 그녀들의 영혼 속에 숨어있는 생각들을 일깨우듯이, 두 개의 아치 아래를 뚫고 들어온 태양 빛은 회반죽에서 비잔틴의 금가루들을 반짝이게 했다.

The oratory was ready for the day of the first prayer.
예배당은 첫 기도의 날을 위해 준비되었고,

The ceremony began after the Vespers.
의식은 저녁 예배 후에 시작되었다.

A sister mounted to the organ.
한 수녀가 오르간에 올랐다.

Presently from the keys the cry of the Passion penetrated everywhere, all foreheads bowed, the censers gave out the fumes of jasmine and the flames of the tapers palpitated among crowns of flowers.

곧이어, 오르간으로부터 울부짖는 듯한 예수 수난곡이 사방에 퍼지
자, 모든 사람이 이마를 숙이고, 향로에서는 재스민의 연기가 새어
나오고, 꽃으로 만든 면류관들 사이로 촛불의 불꽃이 흔들리고 있
었다.

Then arose the canticles, the litanies full of symbolic
appellations and supplicating tenderness.
다음, 찬송가와 상징적 호칭과 절실한 기원으로 가득한 호칭 기도
가 이어졌다.

As the voices mounted with increasing strength, Anna in
the immense rush of fervor cried out.
찬송가 소리와 기도 소리에 점점 힘이 가해지면서, 안나는 갑자기
거대한 백열 상태에 빠져 소리를 질렀다.

Struck with wonder, she fell supine, agitating her arms
and trying to arise.
이적을 맞이한 그녀는, 뒤로 넘어져 팔을 흔들며 일어나려고 하였
다.

The litanies stopped.
호칭 기도가 멈췄다.

The sisters, several almost terrified, had remained an
instant immobile while others gave assistance to the sick
woman.
몇몇 수녀들은 거의 겁에 질려 순간 움직이지도 못하고 있었으며,
다른 수녀들은 쓰러진 안나를 일으키려고 하였다.

The miracle appeared unexpected, very bright, supreme.
기적은 아주 밝고, 지고하고, 예상치 못하게 나타났다.

Then, little by little, stupor, uncertain murmurs and

vacillation were succeeded by a rejoicing without limit, a chorus of clamorous exaltations and a mingled drowsiness as of inebriety.

그러다가, 조금씩 혼미하고 불분명하게 중얼거리기도 하고, 이러지도 저러지도 못하는 상태에서 끝도 없이 기뻐하기도 하며, 시끌벅적하게 찬양하는 합창 소리가 들리면서, 술에 취했을 때처럼 약간 졸린 상태가 이어졌다.

Anna, on her knees, still absorbed in the rapture of the miracle, was not conscious of what was happening around her.

여전히 기적의 황홀경에 빠져 무릎을 꿇고 있었던 안나는 주변에서 무슨 일이 일어나고 있는지 의식하지 못했다.

But when the canticles with greater vehemence were begun again, she sang too.

그러나 더 열정적인 찬송가가 다시 시작되자, 그녀도 노래를 불렀다.

Her notes from the descending waves of the chorus, at intervals emerged, since the devotees diminished the force of their voices in order to hear that one which by divine grace had been restored.

그녀의 노랫소리는, 합창 소리가 작아 지면서, 간간히 들렸다. 신자들이 하느님의 은혜로 회복된 목소리를 듣기 위해 힘을 빼고 복소리를 냈기 때문이었다.

And the Virgin became from time to time the censer of gold from which they exhaled sweet balsam, she was the lamp that by day and night lighted the sanctuary, the urn that enclosed the manna from heaven, the flame that burned without consuming, the stem of Jesse that bore the most beautiful of all flowers.

노래를 부르고 있는 그녀는 때때로 달콤한 발삼향을 내뿜는 황금 향로가 되기도 하고, 밤낮으로 성소를 비추는 등불이며, 하늘의 양식을 담는 항아리요, 꺼지지 않고 타오르는 불꽃이고, 가장 아름다운 꽃들이 만발한 이새의 그루터기였다.

Afterwards the fame of the miracle spread from the monastery throughout the entire country of Ortona and from the country to all adjoining lands, growing as it travelled.
이후 이 기적의 명성은 수도원에서 오르토나 전역과 그 지역과 인접한 모든 곳으로 퍼졌고, 퍼지면 퍼질수록 그 명성은 커졌다.

And the monastery rose to great respect.
그래서 이제 수도원은 큰 존경을 받는 곳이 되었다.

Donna Blandina Onofrii, the magnificent, presented to the Madonna of the Oratorio a vest of brocaded silver and a rare necklace of turquoise from the island of Smyrna.
장엄한 도나 블란디나 오노프리는 예배당의 성모마리아에게 양단으로 장식된 은 조끼와 스미르나 섬에서 가져온 희귀한 청록색 목걸이를 바쳤다.

The other Ortosian ladies gave other minor gifts.
다른 오르토나 여인들은 다른 작은 선물들을 바쳤다.

The Archbishop of Orsagna made with pomp a congratulatory visit, in which he exchanged words of eloquence with Anna, who "from the purity of her life had been rendered worthy of celestial gifts."
오르사냐의 대주교는 행렬을 이끌고 축하 방문을 하였으며, 순수한 삶을 살아서 하늘의 선물이 부끄럽지 않은 안나와 웅변조의 말들을 나눴다.

In August of the year 1876 new prodigies arrived.
1876년 8월에 새로운 기적들이 또 일어났다.

The infirm woman, when she approached vespers, fell in
a state of cataleptic ecstasy; from which she arose later
almost with violence.
허약해진 안나는, 저녁 예배가 다가올 때쯤, 몸이 뻣뻣해지면서 갑
자기 황홀경에 빠져 쓰러지더니, 시간이 잠시 흐르자 벌떡 일어섰
다.

On her feet, while preserving always the same position,
she began to talk, at first slowly and then gradually
accelerating, as if beneath the urgency of a mystic
inspiration.
일어서서는 언제나처럼 같은 자세를 유지하면서, 신비한 영감으로
절박해진 듯, 처음에는 천천히 말을 하다가 점점 더 빨라지기 시작
했다.

Her eloquence was but a tumultuous medley of words, of
phrases, of entire selections learned before, which now
in her unconsciousness reproduced themselves, growing
fragmentary or combining without sequence.
그녀의 말은 이전에 알고 있던 단어, 구, 전체 문장들 여러 가지를
뒤섞인 것에 불과했다. 이제 그것들이 그녀의 무의식 속에서 단편
적으로 맥락도 없이 흘러나오고 있는 것이었다.

She repeated native dialectic expressions mingled
with courtly forms, and with the hyperboles of Biblical
language as well as extraordinary conjunctions of syllables
and scarcely audible harmonies of songs.
그녀는, 음절들을 이상하게 결합한 것, 거의 들리지 않는 노래의 화
음들, 궁정 형식, 성서 용어에서의 과장법 등을 자신이 태어난 곳의
사투리와 섞어 반복했다.

But the profound trembling of her voice, the sudden changes of inflection, the alternate ascending and descending of the tone, the spirituality of the ecstatic figure, the mystery of the hour, all helped to make a profound impression upon the onlookers.

그러나 그녀의 목소리가 심오하게 떨리고, 갑작스럽게 억양을 바꾸고, 어조를 번갈아 가며 낮추거나 올리는 모습, 황홀경에 빠진 사람이 보여주는 영성, 그 순간의 신비가 그녀를 지켜보고 있던 모든 사람들에게 깊은 인상을 주는 데 한몫했다.

These effects repeated themselves daily, with a periodic regularity.

이런 일들이 주기적으로 규칙적으로 매일 반복되었다.

At vespers in the oratorio they lit the lamps; the nuns made a kneeling circle, and the sacred representation began.

예배당에서의 저녁 예배 때, 사람들은 등불을 켜고, 수녀들은 원을 그리며 무릎을 꿇고 신성한 의식을 시작했다.

As the infirm woman entered into the cataleptic ecstasies, vague preludes on the organ lifted the souls of the worshippers to a higher sphere.

쇠약해진 안나가 다시 황홀경에 빠지자, 오르간의 아련한 전주곡이 신도들의 영혼을 더 높은 차원으로 끌어올렸다.

The light of the lamps was diffused on high, giving forth an uncertain flicker, and a fading sweetness to the appearance of things.

높은 곳에 매달린 등불의 산란한 빛은 불안하게 깜박거리며 사물들에게 서서히 사라지는 감미로움을 주는 듯했다.

At a certain point the organ was silent.
어느 시점에서 오르간의 소리가 멈추자,

The respiration of the infirm woman became deeper, her arms were stretched so that in the emaciated wrists the tendons vibrated like the strings of an instrument.
안나는 숨을 깊이 쉬면서 팔을 쭉 뻗었는데, 쇠약해진 손목에서는 힘줄들이 악기의 현처럼 떨리고 있었다.

Then suddenly, the sick woman bounded to her feet, crossed her arms on her breast, while resting in the position of the Caryatides of a Baptistery.
그러더니, 갑자기 안나는 벌떡 일어나서 팔짱을 끼고 세례당의 여인상 기둥같은 자세를 잡았다.

Her voice resounded in the silence, now sweetly, now lugubriously, now placid, almost always incomprehensible.
그녀의 목소리는 달콤했다가, 애처롭기도 하고, 차분하게 고요함 속에서 울려 퍼졌지만, 거의 알아들을 수가 없었다.

At the beginning of the year 1877 these paroxysms diminished in frequency, they occurred two or three times a week and then totally disappeared, leaving the body of the woman in a miserable state of weakness.
1877년 초, 이런 발작의 빈도가 줄어들어 일주일에 두세 번 발생하다가, 완전히 사라지기는 했지만, 몸 상태는 비참할 정도로 약해졌다.

Then several years passed, in which the poor idiot lived in atrocious suffering, with her limbs rendered inert from muscular spasms.
그 후로 몇 년이 흘렀다. 그 가련하고 정신이 온전하지 못한 여자는 근육 경련으로 팔다리가 마비되어 끔찍한 고통 속에서 살았다.

She was no longer able to keep herself clean, she ate only soft bread and a few herbs and wore around her neck and on her breast a large quantity of little crosses, relics and other images.

그녀는 더 이상 자신의 몸을 씻을 수도 없었고, 부드러운 빵과 약간의 야채만 먹었으며, 목과 가슴에 많은 작은 십자가, 유물, 형상들을 걸고 있었다.

She spoke stutteringly through lack of teeth and her hair fell out, her eyes were already glazed like those of an old beast of burden about to die.

그녀는 이빨도 없이 더듬거리며 말을 했고, 머리칼은 빠져 있었으며, 눈은 이미 죽어가는 늙은 말의 눈처럼 게슴츠레해져 있었다.

One time, in May, while she was suffering, deposited under the portal, and the sisters were gathering the roses for Maria, there passed before her the turtle which still dragged its pacific and innocent life through the cloisteral garden.

여전히 고통을 겪고 있던 5월의 어느 날, 수녀들이 성모 마리아를 위해 장미를 모으고 있을 때, 그녀는 대문 아래에 있었는데, 평화롭고 천진하게 보이는 거북이 그녀 앞을 지나 회랑 정원을 가로질러 가고 있었다.

The old woman saw it move and little by little recede.

그 늙은 여자는 거북이 움직이는 것을 보더니 조금씩 뒤로 물러났다.

It awakened no recollection in her mind.

거북을 보고도 그녀의 마음속에는 아무 기억도 떠오르지 않았다.

The turtle lost itself among the bunches of thyme.

거북은 백리향 속으로 사라졌다.

But the sisters regarded her imbecility and the infirmity of the woman as one of those supreme proofs of martyrdom to which the Lord calls the elect in order to sanctify and glorify them later in Paradise and they surrounded her with veneration and care.

그러나 수녀들은 그녀의 정신이 온전하지 못한 것과 병약함이 순교의 지고한 증거 중 하나이며, 주님께서 선택받은 자들을 부르셔서 나중에 낙원에서 그들을 거룩하게 하고 영광스럽게 하기 위함이라고 생각했다. 그래서 수녀들은 존경과 보살핌으로 그녀 주변에 모여 있었다.

In the summer of the year 1881, there appeared signs of approaching death.

1881년 여름, 죽음이 다가오는 징후가 나타났다.

Consumed and maimed, that miserable body no longer resembled a human being.

진이 다 빠지고 불구가 된 비참한 몸은 더 이상 인간의 몸 같지 않았다.

Slow deformations had corrupted the joints of the arms; tumours, large as apples, protruded from her sides, on her shoulder and on the back of her head.

서서히 변형이 생겨 팔의 관절을 못 쓰게 만들었고, 사과만한 종양이 옆구리와 어깨, 머리 뒤쪽에 튀어 나와 있었다.

The morning of the 10th day of September, about the eighth hour, a trembling of the earth shook Ortona from its foundations.

9월 10일 아침 8시경, 땅이 흔들려 오르토나가 기초부터 흔들렸다.

Many buildings fell, the roofs and walls of others were injured, and still others were bent and twisted.
많은 건물들이 붕괴하고 다른 건물들의 지붕과 벽은 금이 갔고, 또 다른 건물들은 기울어지고 뒤틀렸다.

All of the good people of Ortona, with weeping, with cries, with invocations, with great invoking of saints and madonnas, came out of their doors and assembled on the plain of San Rocco, fearing greater perils.
오르토나의 모든 선한 사람들은 울고, 부르짖고, 기도하고, 성인들과 성모님을 간절히 찾으며, 더 큰 위험을 두려워하면서 문밖으로 나와 산 로코 평원에 모였다.

The nuns, seized with panic, broke from the cloister and ran into the streets, struggling and seeking safety.
수녀들은 공황 상태에 빠져, 회랑에서 거리로 뛰쳐나와, 안전한 곳을 찾으려고 무진 애를 쓰고 있었다.

Four of them bore Anna upon a table.
수녀 4명이 안나를 식탁 위에 실어 나르며,

And all drew toward the plain, in the direction of the uninjured people.
모든 수녀들은 다치지 않은 사람들이 모여 있는 평원으로 향했다.

As they arrived in sight of the people, spontaneous shouts arose, since the presence of these religious souls seemed propitious.
그들이 도착해 사람들의 눈에 띄자, 수녀들의 존재가 길조라고 여겨서, 사람들은 너나 할 것 없이 마음에서 우러나서 소리를 질렀다.

On all sides lay the sick, the aged and infirm, children in

swaddling clothes, women stupid from fear.
사방에는 병자, 노약자, 포대기를 두른 아이, 공포로 넋이 나간 여인들이 누워 있었다.

A beautiful morning sun shed lustre upon the tumultuous waves of the sea and upon the vineyards; and along the lower coast the sailors ran, seeking their wives, calling their children by name, out of breath, and hoarse from climbing; and from Caldara there began to arrive herds of sheep and oxen with their keepers, flocks of turkey-cocks with their feminine guardians, and cart-houses, since all feared solitude and men and beasts in the turmoil became comrades.
아름다운 아침 햇살이 바다의 거친 파도와 포도원을 내리쬐고 있었다. 아래쪽 해안을 따라 선원들은, 숨을 헐떡거리며 쉰 목소리로 아내들을 찾아 뛰어다니고, 아이들의 이름을 불러댔다. 또한, 칼다라에서 양 떼와 소 떼를 몰고 온 목동들과, 거위 떼를 몰고 온 여자들, 마차들이 도착했다. 모두 혼자 있는 것을 두려워했고, 사람들과 짐승들은 소란이 벌어지자 동료가 된 듯하였다.

Anna, resting upon the ground, beneath an olive tree, perceiving death to be near, was mourning with a weak murmur, because she did not wish to die without the Sacrament, and the nuns around her administered comfort to her, and the bystanders looked at her piously.
안나는 올리브 나무 아래 땅에 누워, 죽음이 임박했다고 느끼면서 약한 소리로 중얼거리며 안타까워했다. 왜냐하면 그녀는 성찬 없이 죽고 싶지 않았기 때문이었다. 그녀 주변의 수녀들은 그녀를 위로하였고, 다른 사람들은 그녀를 경건하게 바라보았다.

Now, suddenly among the people spread the news that from the Porta Caldara had issued the image of the Apostle.

그런데 갑자기 포르타 칼다라로부터 사도의 형상이 오고 있다는 소식이 사람들 사이에 퍼졌다.

Hope revived and hymns of thanksgiving mounted to the sky.
희망이 되살아나고 감사의 찬송이 하늘까지 울렸다.

As from afar vibrated an unexpected flash, the women knelt and tearfully with their hair dishevelled, began to walk upon their knees, towards the flash, while intoning psalms.
멀리서 예상치 못하게 뭔가 번쩍이는 것이 어른거리자, 여인들의 눈에는 눈물이 가득 고이고, 헝클어진 머리로 찬송가를 읊조리면서 무릎을 꿇었다. 그리고는 무릎을 꿇은 채 섬광을 향해 기어가기 시작했다.

Anna became agonised.
안나의 고통은 극심해졌다.

Sustained by two sisters, she heard the prayers, heard the announcement, and perhaps under her last illusions, she saw the Apostle approaching, for over her hollow face there passed a smile of joy.
두 수녀의 부축을 받으며 그녀는 기도 소리를 들었고 발표도 들었다. 아마도 그녀는 마지막 환상 속에서 사도가 다가오는 것을 봤던 것 같다. 왜냐하면 그녀의 푹 꺼진 얼굴 위로 기쁨의 미소가 스쳐 지나갔기 때문이다.

Several bubbles of saliva appeared upon her lips, a violent undulation of her body occurred, extended visibly to the extremities of her body, while upon her eyes the eyelids fell, reddish as from thin blood, and her head shrank into her shoulders.

그녀의 입술에 서너 개의 침 거품이 생기고, 그녀의 몸이 심하게 떨리더니 눈에 보일 정도로 몸 끝까지 떨리는 것이 보였다. 묽은 핏빛의 눈꺼풀이 감기면서 머리가 어깨에 떨어졌다.

Thus the virgin Anna finally expired.
그렇게 동정녀 안나는 마침내 숨을 거두었다.

When the flash appeared more closely to the adoring women, there shone in the sun the form of a beast of burden carrying balanced upon its back, according to the custom, an ornament of metal.
번쩍이는 것이 우러러보던 여자들에게 조금 더 가까이 다가오자, 관습에 따라 금속 장식을 등에 균형을 맞춰 지고 가던 나귀의 형태가 태양 빛 속에서 빛나고 있는 것이 보였다.

THE END